FRIEDRICH HEBBEL

MARIA MAGDALENA

Ein bürgerliches Trauerspiel
in drei Aufzügen

HAMBURGER LESEHEFTE VERLAG
HUSUM/NORDSEE

PERSONEN

MEISTER ANTON, ein Tischler
SEINE FRAU
KLARA, seine Tochter
KARL, sein Sohn
LEONHARD
EIN SEKRETÄR
WOLFRAM, ein Kaufmann
ADAM, ein Gerichtsdiener
EIN ZWEITER GERICHTSDIENER
EIN KNABE
EINE MAGD

Ort: *Eine mittlere Stadt*

Widmung

Sr. Majestät, dem König Christian dem Achten
von Dänemark in tiefster Ehrfurcht gewidmet

Dem Dichter ist es an- und eingeboren,
Dass er sich lange in sich selbst versenkt,
Und, in das innre Labyrinth verloren,
Des äußeren der Welt erst spät gedenkt;
Und dennoch hat ihn die Natur erkoren,
Zu zeigen, wie sich dies mit dem verschränkt,
Und es in klarem Bilde darzustellen,
Wie beide sich ergänzen und erhellen.

Denn nicht, wie wohl ein ird'scher Künstler, spielend,
Wenn er zurück von seiner Tafel trat,
Dem Lieblingskind, das, lüstern danach schielend,
Schon längst ihn still um seinen Griffel bat,
Ihn freundlich darreicht, auf nichts andres zielend,
Als dass es, träumend von gewalt'ger Tat,
Sein Meisterstück in toten, groben Zügen
Nachbilde, wie es kann, sich zu vergnügen;

Nur, weil sie selbst, ins Einzelste zerfließend,
Sich endlich auch doch konzentrieren muss,
Und, in dem Teil als Ganzes sich genießend,
Den Anfang wieder finden in dem Schluss,
Der, sich mit der Idee zusammenschließend,
Ihr erst verschafft den höchsten Selbstgenuss,
Den alle untern Stufen ihr verneinen:
Rein, ganz und unverworren zu erscheinen;

Nur darum hat sie, statt ihn zu zerbrechen,
Dem Menschen ihren Zauberstab vertraut,
Als sie, bereit, ihr: Es ist gut! zu sprechen,
Zum letzten Mal das Weltall überschaut,
Und dieser stellt nun, das Gesetz zu rächen
Am plumpen Stoff, dem ewig davor graut,
In den geschlossnen ersten Kreis den zweiten,
Wo sie nur noch harmonisch sich bestreiten.

Und, anfangs schauernd vor der hohen Gabe,
Wird sich der fromme Künstler bald bewusst,
Dass er zum Dank sich selbst zu opfern habe,
Und steigt nun tief hinab in seine Brust;
Er fragt nicht, ob ihn auch die Nacht begrabe,
Er geht, soweit er kann, in banger Lust,
Und führt sein Narr im Wappen die Versöhnung,
Er hofft nur kaum auf sie, wie auf die Krönung!

Doch, wenn er lange so den roten Faden
Aus sich hervorspinnt, der ihn führen kann,
So wird er plötzlich durch den Geist geladen:
Nun lege ihn in der Geschichte an!
Dies ist ein wahrer Ruf von Gottes Gnaden,
Und wer nicht folgt, der zeigt, dass er zerrann!
Ich habe vorlängst diesen Ruf vernommen,
Da hab ich nicht gesäumt, ich bin gekommen.

Und wie mein Blick sich lenkte in das Weite,
War mir auch flugs die Sehnsucht eingeflößt,
Die äußre Welt zu schaun in ihrer Breite,
Allein der Mittel sah ich mich entblößt.
Doch gleich stand mir ein Genius zur Seite,
Und von der Scholle ward mein Fuß gelöst,
Und was dies hieß, das kann ich jetzt erst wägen,
Wo sich zur Frucht verdichten will der Segen.

Du warst es, Herr und Fürst! Lass dir's gefallen,
Dass ich zum Danke jetzt dies kleine Bild,
Vielleicht das einfach-schlichteste von allen,
Worin sich mir das Weltgeschick enthüllt,
Dir bringe, und wenn sich's für Königshallen
Auch schlecht nur eignet, sei ihm dennoch mild!
Es ist des neuen Frühlings erstes Zeichen,
Und als das Erste durfte ich's dir reichen!

ERSTER AKT

Zimmer im Hause des Tischlermeisters

ERSTE SZENE

Klara. Die Mutter.

KLARA. Dein Hochzeitskleid? Ei, wie es dir steht. Es ist, als ob's zu heut gemacht wäre!

MUTTER. Ja, Kind, die Mode läuft so lange vorwärts, bis sie nicht weiter kann und umkehren muss. Dies Kleid war schon zehnmal aus der Mode, und kam immer wieder hinein.

KLARA. Diesmal doch nicht ganz, liebe Mutter! Die Ärmel sind zu weit. Es muss dich nicht verdrießen!

MUTTER *(lächelnd).* Dann müsst ich du sein!

KLARA. So hast du also ausgesehen! Aber einen Kranz trugst du doch auch, nicht wahr?

MUTTER. Will's hoffen! Wozu hätt ich sonst den Myrtenbaum jahrelang im Scherben gepflegt!

KLARA. Ich hab dich so oft gebeten, und du hast es nie angezogen, du sagtest immer: „Mein Brautkleid ist's nicht mehr, es ist nun mein Leichenkleid, und damit soll man nicht spielen." Ich mocht' es zuletzt gar nicht mehr sehen, weil es mich, wenn es so weiß dahing, immer an deinen Tod und an den Tag erinnerte, wo die alten Weiber es dir über den Kopf ziehen würden. – Warum denn heut?

MUTTER. Wenn man so schwer krank liegt, wie ich, und nicht weiß, ob man wieder gesund wird, da geht einem gar manches im Kopf herum. Der Tod ist schrecklicher als man glaubt, oh, er ist bitter! Er verdüstert die Welt, er bläst all die Lichter, eins nach dem andern, aus, die so bunt und lustig um uns her schimmern, die freundlichen Augen des Mannes und der Kinder hören zu leuchten auf, und es wird finster allenthalben, aber im Herzen zündet er ein Licht an, da wird's hell, und man sieht viel, sehr viel, was man nicht sehen mag. Ich bin mir eben nichts Böses bewusst, ich bin auf Gottes Wegen gegangen, ich habe im Hause geschafft, was ich konnte, ich habe dich und deinen Bruder in der Furcht des Herrn aufgezogen und den sauren Schweiß eures Vaters zusammengehalten, ich habe aber immer auch einen Pfennig für die Armen zu erübrigen gewusst, und wenn ich zuweilen einen abwies, weil ich gerade verdrießlich war oder weil zu viele kamen, so war es kein Unglück für ihn, denn ich rief ihn gewiss wieder und gab ihm doppelt. Ach, was ist das alles! Man zittert doch vor der letzten Stunde, wenn sie hereindroht, man krümmt sich wie ein Wurm, man fleht zu Gott ums Leben, wie ein Diener den Herrn anfleht, die schlecht gemachte Arbeit noch einmal verrichten zu dürfen, um am Lohntag nicht zu kurz zu kommen.

KLARA. Hör davon auf, liebe Mutter, dich greift's an!

MUTTER. Nein, Kind, mir tut's wohl! Steh ich denn nicht gesund und kräftig wieder da? Hat der Herr mich nicht bloß gerufen, damit ich erkennen möchte, dass mein Feierkleid noch nicht fleckenlos und rein ist, und hat er mich nicht an der Pforte des Grabes wieder umkehren lassen, und mir Frist gegeben, mich zu schmücken für die himmlische Hochzeit? So gnadenvoll war er gegen jene sieben Jungfrauen im Evangelium, das du mir gestern Abend vorlesen musstest, nicht! Darum habe ich heute, da ich zum heiligen Abendmahle gehe, dies Gewand angelegt. Ich trug es den Tag, wo ich die frömmsten und besten Vorsätze meines Lebens fasste. Es soll mich an die mahnen, die ich noch nicht gehalten habe!

KLARA. Du sprichst noch immer wie in deiner Krankheit!

ZWEITE SZENE

KARL (*tritt auf*). Guten Morgen, Mutter! Nun Klara, möchtest du mich leiden, wenn ich nicht dein Bruder wäre?

KLARA. Eine goldene Kette? Woher hast du die?

KARL. Wofür schwitz ich? Warum arbeit ich abends zwei Stunden länger als die anderen? Du bist impertinent!

MUTTER. Zank am Sonntagmorgen? Schäme dich, Karl!

KARL. Mutter, hast du nicht einen Gulden für mich?

MUTTER. Ich habe kein Geld, als was zur Haushaltung gehört.

KARL. Gib nur immer davon her! Ich will nicht murren, wenn du die Eierkuchen vierzehn Tage lang etwas magerer bäckst. So hast du's schon oft gemacht! Ich weiß das wohl! Als für Klaras weißes Kleid gespart wurde, da kam monatelang nichts Leckeres auf den Tisch. Ich drückte die Augen zu, aber ich wusste recht gut, dass ein neuer Kopfputz oder ein anderes Fahnenstück auf dem Wege war. Lass mich denn auch einmal davon profitieren!

MUTTER. Du bist unverschämt!

KARL. Ich hab nur keine Zeit, sonst – (*Er will gehen.*)

MUTTER. Wohin gehst du?

KARL. Ich will's dir nicht sagen, dann kannst du, wenn der alte Brummbär nach mir fragt, ohne rot zu werden, antworten, dass du's nicht weißt. Übrigens brauch ich deinen Gulden gar nicht, es ist das Beste, dass nicht alles Wasser aus einem Brunnen geschöpft werden soll. (*Für sich.*) Hier im Hause glauben sie von mir ja doch immer das Schlimmste; wie sollt' es mich nicht freuen, sie in der Angst zu erhalten? Warum sollt' ich's sagen, dass ich, da ich den Gulden nicht bekomme, nun schon in die Kirche gehen muss, wenn mir nicht ein Bekannter aus der Verlegenheit hilft? (*Ab.*)

DRITTE SZENE

KLARA. Was soll das heißen?

MUTTER. Ach, er macht mir Herzeleid! Ja, ja, der Vater hat Recht, das sind die Folgen! So allerliebst, wie er als kleiner Lockenkopf um das Stück Zucker bat, so trotzig fordert er jetzt den Gulden! Ob er den Gulden wirklich nicht fordern würde, wenn ich ihm das Stück Zucker abgeschlagen hätte? Das peinigt mich oft! Und ich glaube, er liebt mich nicht einmal. Hast du ihn ein einziges Mal weinen sehen während meiner Krankheit!

KLARA. Ich sah ihn ja nur selten, fast nicht anders als bei Tisch. Mehr Appetit hatte er als ich!

MUTTER (*schnell*). Das war natürlich, er musste die schwere Arbeit verrichten!

KLARA. Freilich! Und wie die Männer sind! Die schämen sich ihrer Tränen mehr als ihrer Sünden! Eine geballte Faust, warum die nicht zeigen, aber ein weinendes Auge? Auch der Vater! Schluchzte er nicht den Nachmittag, wo dir zur Ader gelassen wurde, und kein Blut kommen wollte, an seiner Hobelbank, dass mir's durch die Seele ging! Aber als ich nun zu ihm trat und ihm über die Backen strich, was sagte er? „Versuch doch, ob du mir den verfluchten Span nicht aus dem Auge herausbringen kannst, man hat so viel zu tun und kommt nicht vom Fleck!"

MUTTER (*lächelnd*). Ja, ja! Ich sehe den Leonhard ja gar nicht mehr. Wie kommt das?

KLARA. Mag er wegbleiben!

MUTTER. Ich will nicht hoffen, dass du ihn anderswo siehst als hier im Hause!

KLARA. Bleib ich etwa zu lange weg, wenn ich abends zum Brunnen gehe, dass du Grund zum Verdacht hast?

MUTTER. Nein, das nicht! Aber nur darum hab ich ihm Erlaubnis gegeben, dass er zu uns kommen darf, damit er dir nicht bei Nebel und Nacht aufpassen soll. Das hat meine Mutter auch nicht gelitten!

KLARA. Ich seh ihn nicht!

MUTTER. Schmollt ihr miteinander? Ich mag ihn sonst wohl leiden, er ist so gesetzt! Wenn er nur erst etwas wäre! Zu meiner Zeit hätt er nicht lange warten dürfen, da rissen die Herren sich um einen geschickten Schreiber wie die Lahmen um die Krücke, denn sie waren selten. Auch wir geringeren Leute konnten ihn brauchen. Heute setzte er dem Sohn einen Neujahrswunsch für den Vater auf und erhielt allein für den vergoldeten Anfangsbuchstaben so viel, dass man einem Kinde eine Docke dafür hätte kaufen können. Morgen gab ihm der Vater einen Wink und ließ sich den Wunsch vorlesen, heimlich, bei verschlossenen Türen, um nicht überrascht zu werden und die Unwissenheit aufgedeckt zu sehen. Das gab doppelte Bezahlung. Da waren die Schreiber obenauf und machten das Bier teuer. Jetzt ist's anders, jetzt müssen wir Alten, die wir uns nicht aufs Lesen und Schreiben verstehen, uns von neunjährigen Buben ausspotten lassen! Die Welt wird immer klüger, vielleicht kommt noch einmal die Zeit, wo einer sich schämen muss, wenn er nicht auf dem Seil tanzen kann!

KLARA. Es läutet!

MUTTER. Nun Kind, ich will für dich beten! Und was deinen Leonhard betrifft, so liebe ihn, wie er Gott liebt, nicht mehr, nicht weniger. So sprach meine alte Mutter zu mir, als sie aus der Welt ging und mir den Segen gab, ich habe ihn lange genug behalten, hier hast du ihn wieder!

KLARA (*reicht ihr einen Strauß*). Da!

MUTTER. Der kommt gewiss von Karl!

KLARA (*nickt; dann beiseite*). Ich wollt, es wäre so! Was ihr eine rechte Freude machen soll, das muss von ihm kommen!

MUTTER. Oh, er ist gut und hat mich lieb. (*Ab.*)

KLARA (*sieht ihr durchs Fenster nach*). Da geht sie! Dreimal träumt' ich, sie läge im Sarg, und nun – o die boshaften Träume, sie kleiden sich in unsere Furcht, um unsere Hoffnung zu erschrecken! Ich will mich niemals wieder an einen Traum kehren, ich will mich über einen guten nicht wieder freuen, damit ich mich über den bösen, der ihm folgt, nicht wieder zu ängstigen brauche! Wie sie fest und sicher ausschreitet! Schon ist sie dem Kirchhof nah – wer wohl der Erste ist, der ihr begegnet? Es soll nichts bedeuten, nein, ich meine nur – (*Erschrocken zusam-*

menfahrend.) Der Totengräber! Er hat eben ein Grab gemacht und steigt daraus hervor, sie grüßt ihn und blickt lächelnd in die düstre Grube hinab, nun wirft sie den Blumenstrauß hinunter und tritt in die Kirche. (*Man hört einen Choral.*) Sie singen: Nun danket alle Gott! (*Sie faltet die Hände.*) Ja! Ja! Wenn meine Mutter gestorben wäre, nie wär ich wieder ruhig geworden, denn – – (*Mit einem Blick gen Himmel.*) Aber du bist gnädig, du bist barmherzig! Ich wollt', ich hätt einen Glauben wie die Katholischen, dass ich dir etwas schenken dürfte! Meine ganze Sparbüchse wollt' ich leeren und dir ein schönes vergoldetes Herz kaufen und es mit Rosen umwinden. Unser Pfarrer sagt, vor dir seien die Opfer nichts, denn alles sei dein, und man müsste dir das, was du schon hast, nicht erst geben wollen! Aber alles, was im Hause ist, gehört meinem Vater doch auch, und dennoch sieht er's gar gern, wenn ich ihm für sein eigenes Geld ein Tuch kaufe und es sauber sticke und es ihm zum Geburtstag auf den Teller lege. Ja, er tut mir die Ehre an und trägt's nur an den höchsten Feiertagen, zu Weihnacht oder zu Pfingsten! Einmal sah ich ein ganz kleines katholisches Mädchen, das seine Kirschen zum Altar trug. Wie gefiel mir das! Es waren die ersten im Jahr, die das Kind bekam, ich sah, wie es brannte, sie zu essen! Dennoch bekämpfte es seine unschuldige Begierde, es warf sie, um nur der Versuchung ein Ende zu machen, rasch hin, der Messpfaff, der eben den Kelch erhob, schaute finster drein, und das Kind eilte erschreckt von dannen, aber die Maria über dem Altar lächelte so mild, als wünschte sie aus ihrem Rahmen herauszutreten, um dem Kind nachzueilen und es zu küssen. Ich tat's für sie! Da kommt Leonhard! Ach!

VIERTE SZENE

LEONHARD (*vor der Tür*). Angezogen?

KLARA. Warum so zart, so rücksichtsvoll? Ich bin noch immer keine Prinzessin.

LEONHARD (*tritt ein*). Ich glaubte, du wärst nicht allein! Im Vorübergehen kam es mir vor, als ob Nachbars Bärbchen am Fenster stände!

KLARA. Also darum!

LEONHARD. Du bist immer verdrießlich! Man kann vierzehn Tage weggeblieben sein, Regen und Sonnenschein können sich am Himmel zehnmal abgelöst haben, in deinem Gesicht steht, wenn man endlich wiederkommt, immer noch die alte Wolke!

KLARA. Es gab andere Zeiten!

LEONHARD. Wahrhaftig! Hättest du immer ausgesehen wie jetzt, wir wären niemals gut Freund geworden!

KLARA. Was lag daran!

LEONHARD. So frei fühlst du dich von mir? Mir kann's recht sein! Dann (*mit Beziehung*) hat dein Zahnweh von neulich nichts zu bedeuten gehabt!

KLARA. O Leonhard, es war nicht recht von dir!

LEONHARD. Nicht recht, dass ich mein höchstes Gut, denn das bist du, auch durch das letzte Band an mich festzuknüpfen suchte? Und in dem Augenblick, wo ich in Gefahr stand, es zu verlieren? Meinst du, ich sah die stillen Blicke nicht, die du mit dem Sekretär wechseltest? Das war ein schöner Freudentag für mich! Ich führe dich zum Tanz, und –

KLARA. Du hörst nicht auf, mich zu kränken! Ich sah den Sekretär an, warum sollt ich's leugnen? Aber nur wegen des Schnurrbarts, den er sich auf der Akademie hat wachsen lassen, und der ihm – (*Sie hält inne.*)

LEONHARD. So gut steht, nicht wahr? Das wolltest du doch sagen? O ihr Weiber! Euch gefällt das Soldatenzeichen noch in der ärgsten Karikatur! Mir kam das kleine, lächerlich runde Gesicht des Gecken – ich bin erbittert auf ihn, ich verhehle es nicht, er hat mir lange genug bei dir im Wege gestanden – mit dem Walde von Haaren, der es in der Mitte durchschneidet, wie ein weißes Kaninchen vor, das sich hinter den Busch verkriecht.

KLARA. Ich habe ihn noch nicht gelobt, du brauchst ihn nicht herabzusetzen.

LEONHARD. Du scheinst noch immer warmen Anteil an ihm zu nehmen!

KLARA. Wir haben als Kinder zusammen gespielt, und nachher – du weißt recht gut!

LEONHARD. O ja, ich weiß! Aber eben darum!

KLARA. Da war es wohl natürlich, dass ich, nun ich ihn seit so langer Zeit zum ersten Mal wieder erblickte, ihn ansah, und mich verwunderte, wie groß und – (*Sie unterbricht sich.*)

LEONHARD. Warum wurdest du denn rot, als er dich wieder ansah?

KLARA. Ich glaubte, er sähe nach dem Wärzchen auf meiner linken Backe, ob das auch größer geworden sei! Du weißt, dass ich mir dies allemal einbilde, wenn mich jemand so starr betrachtet, und dass ich dann immer rot werde. Ist mir's doch, als ob die Warze wächst, solange einer danach guckt!

LEONHARD. Sei's wie es sei, mich überlief's, und ich dachte:

noch diesen Abend stell ich sie auf die Probe! Will sie mein Weib werden, so weiß sie, dass sie nichts wagt. Sagt sie nein, so –

KLARA. O du sprachst ein böses, böses Wort, als ich dich zurückstieß und von der Bank aufsprang. Der Mond, der bisher zu meinem Beistand so fromm in die Laube hineingeschienen hatte, ertrank kläglich in den nassen Wolken, ich wollte forteilen, doch ich fühlte mich zurückgehalten, ich glaubte erst, du wärst es, aber es war der Rosenbusch, der mein Kleid mit seinen Dornen, wie mit Zähnen, festhielt, du lästertest mein Herz, und ich traute ihm selbst nicht mehr, du standst vor mir wie einer, der eine Schuld einfordert, ich – ach Gott!

LEONHARD. Ich kann's noch nicht bereuen. Ich weiß, dass ich dich mir nur so erhalten konnte. Die alte Jugendliebe tat die Augen wieder auf, ich konnte sie nicht schnell genug zudrücken.

KLARA. Als ich nach Hause kam, fand ich meine Mutter krank, todkrank. Plötzlich dahingeworfen, wie von unsichtbarer Hand. Der Vater hatte nach mir schicken wollen, sie hatte es nicht zugegeben, um mich in meiner Freude nicht zu stören. Wie ward mir zumut, als ich's hörte! Ich hielt mich fern, ich wagte nicht, sie zu berühren, ich zitterte. Sie nahm's für kindliche Besorgnis und winkte mich zu sich heran; als ich mich langsam nahte, zog sie mich zu sich nieder und küsste meinen entweihten Mund. Ich verging, ich hätte ihr ein Geständnis tun, ich hätte ihr zuschreien mögen, was ich dachte und fühlte; meinetwegen liegst du so da! Ich tat's, aber Tränen und Schluchzen erstickten die Worte, sie griff nach der Hand meines Vaters und sprach mit einem seligen Blick auf mich: „Welch ein Gemüt!"

LEONHARD. Sie ist wieder gesund. Ich kam, ihr meinen Glückwunsch abzustatten, und – was meinst du?

KLARA. Und?

LEONHARD. Bei deinem Vater um dich anzuhalten!

KLARA. Ach!

LEONHARD. Ist dir's nicht recht?

KLARA. Nicht recht? Mein Tod wär's, wenn ich nicht bald dein Weib würde, aber du kennst meinen Vater nicht! Er weiß nicht, warum wir Eile haben, er kann's nicht wissen, und wir können's ihm nicht sagen, und er hat hundertmal erklärt, dass er seine Tochter nur dem gibt, der, wie er es nennt, nicht bloß Liebe im Herzen, sondern auch Brot im Schrank für sie hat. Er wird sprechen: „Wart noch ein Jahr, mein Sohn, oder zwei"; und was willst du antworten?

LEONHARD. Närrin, der Punkt ist ja gerade beseitigt! Ich habe die Stelle, ich bin Kassierer!

KLARA. Du bist Kassierer? Und der andere Kandidat, der Neffe vom Pastor?

LEONHARD. War betrunken, als er zum Examen kam, verbeugte sich gegen den Ofen, statt gegen den Bürgermeister, und stieß, als er sich niedersetzte, drei Tassen vom Tisch. Du weißt, wie hitzig der Alte ist. „Herr!“, fuhr er auf, doch noch bekämpfte er sich und biss sich auf die Lippen, aber seine Augen blitzten durch die Brille, wie ein Paar Schlangen, die springen wollen, und jede seiner Mienen spannte sich. Nun ging's ans Rechnen und, ha! ha! mein Mitbewerber rechnete nach einem selbst erfundenen Einmaleins, das ganz neue Resultate lieferte; „der verrechnet sich!“, sprach der Bürgermeister und reichte mir mit einem Blick, in dem schon die Bestallung lag, die Hand, die ich, obgleich sie nach Tabak roch, demütig an die Lippen führte – hier ist sie selbst, unterschrieben und besiegelt!

KLARA. Das kommt –

LEONHARD. Unerwartet, nicht wahr? Nun, es kommt auch nicht so ganz von ungefähr. Warum ließ ich mich vierzehn Tage lang bei euch nicht sehen?

KLARA. Was weiß ich? Ich denke, weil wir uns den letzten Sonntag erzürnten!

LEONHARD. Den kleinen Zwist führte ich selbst listig herbei, damit ich wegbleiben könnte, ohne dass es zu sehr auffiele.

KLARA. Ich versteh dich nicht!

LEONHARD. Glaub's. Die Zeit benutzt' ich dazu, der kleinen buckligen Nichte des Bürgermeisters, die so viel bei dem Alten gilt, die seine rechte Hand ist, wie der Gerichtsdiener die linke, den Hof zu machen. Versteh mich recht! Ich sagte ihr selbst nichts Angenehmes, ausgenommen ein Kompliment über ihre Haare, die bekanntlich rot sind, ich sagte ihr nur einiges, das ihr wohlgefiel, über dich!

KLARA. Über mich?

LEONHARD. Warum sollt' ich's verschweigen? Geschah es doch in der besten Absicht! Als ob es mir nie im Ernst um dich zu tun gewesen wäre, als ob – Genug! Das dauerte so lange, bis ich dies in Händen hatte, und wie's gemeint war, wird die leichtgläubige, manntolle Törin erfahren, sobald sie uns in der Kirche aufbieten hört!

KLARA. Leonhard!

LEONHARD. Kind! Kind! Sei du ohne Falsch wie die Taube, ich will klug wie die Schlange sein, dann genügen wir, da Mann und

Weib doch nur eins sind, dem Evangelienspruch vollkommen. (*Lacht.*) Es kam auch nicht ganz von selbst, dass der junge Herrmann in dem wichtigsten Augenblick seines Lebens betrunken war. Du hast gewiss nicht gehört, dass der Mensch sich aufs Trinken verlegt!

KLARA. Kein Wort.

LEONHARD. Umso leichter glückte mein Plan. Mit drei Gläsern war's getan. Ein paar Kameraden von mir mussten ihm auf den Leib rücken. „Darf man gratulieren?" Noch nicht! „Oh, das ist ja abgemacht! Dein Onkel –" Und nun: trink, mein Brüderlein, trink! Als ich heute Morgen zu dir ging, stand er am Fluss und guckte, übers Brückengeländer sich lehnend, schwermütig hinein. Ich grüßte ihn spöttisch und fragte, ob ihm etwas ins Wasser gefallen sei. „Jawohl", sagte er, ohne aufzusehen, „und es ist vielleicht gut, wenn ich selbst nachspringe."

KLARA. Unwürdiger! Mir aus den Augen!

LEONHARD. Ja? (*Macht, als wollt er gehen.*)

KLARA. O mein Gott, an diesen Menschen bin ich gekettet!

LEONHARD. Sei kein Kind! Und nun noch ein Wort im Vertrauen. Hat dein Vater die tausend Taler noch immer in der Apotheke stehen?

KLARA. Ich weiß nichts davon.

LEONHARD. Nichts über einen so wichtigen Punkt?

KLARA. Da kommt mein Vater.

LEONHARD. Versteh mich! Der Apotheker soll nah am Konkurs sein, darum fragt' ich!

KLARA. Ich muss in die Küche! (*Ab.*)

LEONHARD (*allein*). Nun müsste hier nichts zu holen sein! Ich kann es mir zwar nicht denken, denn der Meister Anton ist der Art, dass er, wenn man ihm aus Versehen auch nur einen Buchstaben zu viel auf den Grabstein setzte, gewiss als Geist so lange umginge, bis er wieder ausgekratzt wäre, denn er würde es für unredlich halten, sich mehr vom Alphabet anzueignen als ihm zukäme!

FÜNFTE SZENE

DER VATER, MEISTER ANTON (*tritt ein*). Guten Morgen, Herr Kassierer! (*Er nimmt seinen Hut ab und setzt seine wollene Mütze auf.*) Ist's einem alten Manne erlaubt, sein Haupt zu bedecken?

LEONHARD. Er weiß also –

MEISTER ANTON. Schon gestern Abend. Ich hörte, als ich in der Dämmerung zum toten Müller ging, um dem Mann das Maß zur letzten Behausung zu nehmen, ein paar von Seinen guten Freunden auf Ihn schimpfen. Da dachte ich gleich: der Leonhard hat gewiss den Hals nicht gebrochen. Im Sterbehause hörte ich das Nähere vom Küster, der eben vor mir gekommen war, um die Witwe zu trösten und nebenbei sich selbst zu betrinken.

LEONHARD. Und Klara musste es erst von mir erfahren?

MEISTER ANTON. Wenn es Ihn nicht trieb, der Dirne die Freude zu machen, wie sollt' es mich treiben? Ich stecke in meinem Hause keine Kerzen an, als die mir selbst gehören. Dann weiß ich, dass niemand kommen kann, der sie wieder ausbläst, wenn wir eben unsre beste Lust daran haben!

LEONHARD. Er konnte doch von mir nicht denken –

MEISTER ANTON. Denken? Über Ihn? Über irgendeinen? Ich hoble mir die Bretter wohl zurecht mit meinem Eisen, aber nie die Menschen mit meinen Gedanken. Über die Torheit bin ich längst hinaus. Wenn ich einen Baum grünen sehe, so denk ich wohl: nun wird er bald blühen! Und wenn er blüht: nun wird er Früchte bringen! Darin sehe ich mich auch nicht getäuscht, darum geb ich die alte Gewohnheit nicht auf. Aber über Menschen denke ich nichts, gar nichts, nichts Schlimmes, nichts Gu-tes, dann brauch ich nicht abwechselnd, wenn sie bald meine Frucht, bald meine Hoffnung täuschen, rot oder blass zu werden. Ich mache bloß Erfahrungen über sie und nehme mir ein Beispiel an meinen beiden Augen, die auch nicht denken, sondern nur sehen. Über Ihn glaubte ich schon eine ganze Erfahrung gemacht zu haben, nun finde ich Ihn hier und muss bekennen, dass es doch nur eine halbe gewesen ist!

LEONHARD. Meister Anton, Er macht es ganz verkehrt. Der Baum hängt von Wind und Wetter ab, der Mensch hat in sich Gesetz und Regel!

MEISTER ANTON. Meint Er? Ja, wir Alten sind dem Tod vielen Dank schuldig, dass er uns noch so lang unter euch Jungen herumlaufen lässt und uns Gelegenheit gibt, uns zu bilden. Früher glaubte die dumme Welt, der Vater sei dazu da, um den Sohn zu erziehen. Umgekehrt, der Sohn soll dem Vater die letzte Politur geben, damit der arme einfältige Mann sich im Grabe nicht vor den Würmern zu schämen braucht. Gott Lob, ich habe in meinem Karl einen braven Lehrer, der rücksichtslos und, ohne das alte Kind durch Nachsicht zu verzärteln, gegen meine

Vorurteile zu Felde zieht. So hat er mir noch heute Morgen zwei neue Lehren gegeben, und auf die geschickteste Weise, ohne auch nur den Mund aufzutun, ohne sich bei mir sehen zu lassen, ja, eben dadurch. Erstlich hat er mir gezeigt, dass man sein Wort nicht zu halten braucht, zweitens, dass es überflüssig ist, in die Kirche zu gehen und Gottes Gebot in sich aufzufrischen. Gestern Abend versprach er mir, es zu tun, und ich verließ mich darauf, dass er kommen würde, denn ich dachte: er wird dem gütigen Schöpfer doch für die Wiederherstellung seiner Mutter danken wollen. Aber er war nicht da, ich hatte es in meinem Stuhl, der freilich für zwei Personen ein wenig eng ist, ganz bequem. Ob es ihm wohl ganz recht wäre, wenn ich mir die neue Lehre gleich zu eigen machte und ihm auch mein Wort nicht hielte? Ich habe ihm zu seinem Geburtstag einen neuen Anzug versprochen und hätte also Gelegenheit, seine Freude über meine Gelehrigkeit zu prüfen. Aber das Vorurteil, das Vorurteil! Ich werde es nicht tun!

LEONHARD. Vielleicht war er unwohl –

MEISTER ANTON. Möglich, ich brauche meine Frau nur zu fragen, dann hör ich ganz gewiss, dass er krank ist. Denn über alles in der Welt sagt sie mir die Wahrheit, nur nicht über den Jungen. Und wenn auch nicht krank – auch das hat die junge Welt vor uns Alten voraus, dass sie allenthalben ihre Erbauung findet, dass sie beim Vogelfangen, beim Spazierengehen, ja, im Wirtshaus ihre Andacht halten kann. „Vater unser, der du bist im Himmel!“ – Guten Tag, Peter, sieht man dich beim Abendtanz? – „Geheiligt werde dein Name!“ – Ja, lach nur, Kathrine, es findet sich! – „Dein Wille geschehe!“ – Hol mich der Teufel, ich bin noch nicht rasiert! – Und so zu Ende, und den Segen gibt man sich selbst, denn man ist ja ein Mensch, so gut wie der Prediger, und die Kraft, die vom schwarzen Rock ausgeht, steckt gewiss auch im blauen. Ich habe auch nichts dagegen, und wollt Ihr sogar zwischen die sieben Bitten sieben Gläser einschalten, was tut's, ich kann's keinem beweisen, dass Bier und Religion sich nicht miteinander vertragen, und vielleicht kommt's noch einmal als eine neue Art, das Abendmahl zu nehmen, in die Liturgie. Ich alter Sünder freilich, ich bin nicht stark genug, um die Mode mitzumachen, ich kann die Andacht nicht, wie einen Maikäfer, auf der Straße einfangen, bei mir kann das Gezwitscher der Spatzen und Schwalben die Stelle der Orgel nicht vertreten, wenn ich mein Herz erhoben fühlen soll, so muss ich erst die schweren eisernen Kirchtüren hinter mir zuschlagen hören und mir einbilden, es seien die Tore der Welt gewesen, die düstern hohen Mauern mit den schmalen Fenstern, die das helle freche Weltlicht nur verdunkelt durchlassen, als ob sie es sichteten, müssten sich um mich zusammendrängen, und in der Ferne muss ich das Beinhaus mit dem eingemauerten Totenkopf sehen können. Nun – besser ist besser!

LEONHARD. Er nimmt's auch zu genau.

MEISTER ANTON. Gewiss! Ganz gewiss! Und heute, als ehrlicher Mann muss ich's gestehen, trifft's nicht einmal zu, in der Kirche verlor ich die Andacht, denn der offene Platz neben mir verdross mich, und draußen, unter dem Birnbaum in meinem Garten, fand ich sie wieder. Er wundert sich? Sieh Er, ich ging betrübt und niedergeschlagen nach Hause, wie einer, dem die Ernte verhagelt ist, denn Kinder sind wie Äcker, man sät sein gutes Korn hinein, und dann geht Unkraut auf. Unter dem Birnbaum, den die Raupen abgefressen haben, stand ich still. Ja – dacht' ich – der Junge ist, wie dieser da, leer und kahl! Da kam es mir auf einmal vor, als ob ich sehr durstig wäre und durchaus ins Wirtshaus müsste. Ich betrog mich selbst, mir war nicht um ein Glas Bier zu tun, nur darum, den Burschen aufzusuchen und auszuschmälen, im Wirtshaus, das wusste ich, hätte ich ihn ganz gewiss gefunden. Eben wollt' ich gehen, da ließ der alte, vernünftige Baum eine saftige Birne zu meinen Füßen niederfallen, als wollt' er sagen: die ist für den Durst und weil du mich durch den Vergleich mit deinem Schlingel verschimpfiert hast! Ich besann mich, biss hinein und ging ins Haus.

LEONHARD. Weiß Er, dass der Apotheker nah am Konkurs ist?

MEISTER ANTON. Was kümmert's mich!

LEONHARD. So gar nichts?

MEISTER ANTON. Doch! Ich bin ein Christ. Der Mann hat viele Kinder!

LEONHARD. Und noch mehr Gläubiger. Auch die Kinder sind eine Art von Gläubigern.

MEISTER ANTON. Wohl dem, der keins von beiden ist!

LEONHARD. Ich glaubte, Er selbst –

MEISTER ANTON. Das ist längst abgemacht.

LEONHARD. Er ist ein vorsichtiger Mann. Er hat sein Geld gewiss gleich eingefordert, als er sah, dass es mit dem Kräuterhändler rückwärts ging!

MEISTER ANTON. Ja, ich brauche nicht mehr zu zittern, dass ich es verliere, denn ich habe es längst verloren.

LEONHARD. Spaß!

MEISTER ANTON. Ernst!

KLARA (*sieht in die Tür*). Rief Er, Vater?

MEISTER ANTON. Klingen dir schon die Ohren? Von dir war die Rede noch nicht!

KLARA. Das Wochenblatt! (*Ab.*)

LEONHARD. Er ist ein Philosoph!

MEISTER ANTON. Was heißt das?

LEONHARD. Er weiß sich zu fassen!

MEISTER ANTON. Ich trage einen Mühlstein wohl zuweilen als Halskrause, statt damit ins Wasser zu gehen – das gibt einen steifen Rücken!

LEONHARD. Wer's kann, macht's nach!

MEISTER ANTON. Wer einen so wackern Mitträger findet, als ich in Ihm zu finden scheine, der muss unter der Last sogar tanzen können. Er ist ja außerordentlich blass geworden! Das nenn ich Teilnahme!

LEONHARD. Er wird mich nicht verkennen!

MEISTER ANTON. Gewiss nicht! (*Er trommelt auf einer Kommode.*) Dass das Holz nicht durchsichtig ist, wie?

LEONHARD. Ich versteh Ihn nicht!

MEISTER ANTON. Wie einfältig war unser Großvater Adam, dass er die Eva nahm, ob sie gleich nackt und bloß war, und nicht einmal das Feigenblatt mitbrachte. Wir beide, Er und ich, hätten sie als Landstreicherin aus dem Paradies herausgepeitscht! Was meint Er?

LEONHARD. Er ist ärgerlich auf Seinen Sohn. Ich kam, Ihn um Seine Tochter –

MEISTER ANTON. Halt Er ein! Vielleicht sag ich nicht nein!

LEONHARD. Das hoff ich! Und ich will Ihm meine Meinung sagen! Sogar die heiligen Erzväter verschmähten nicht den Mahlschatz ihrer Weiber, Jakob liebte die Rahel und warb sieben Jahre um sie, aber er freute sich auch über die fetten Widder und Schafe, die er in ihres Vaters Dienst gewann. Ich denke, es gereicht ihm nicht zur Schande, und ihn übertreffen, heißt ihn rot machen. Ich hätte es gern gesehen, wenn Seine Tochter mir ein paar hundert Taler zugebracht hätte, und das war natürlich, denn umso besser würde sie selbst es bei mir gehabt haben, wenn ein Mädchen das Bett im Koffer mitbringt, so braucht sie nicht erst Wolle zu kratzen und Garn zu spinnen. Es ist nicht der Fall – was tut's? Wir machen aus der Fastenspeise unser Sonntagsessen und aus dem Sonntagsbraten unsern Weihnachtsschmaus! So geht's auch!

MEISTER ANTON (*reicht ihm die Hand*). Er spricht brav, und unser Herrgott nickt zu Seinen Worten, nun – ich will's vergessen, dass meine Tochter vierzehn Tage lang des Abends vergeblich beim Teetrinken eine Tasse für Ihn auf den Tisch gestellt hat. Und nun Er mein Schwiegersohn wird, will ich Ihm auch sagen, wo die tausend Taler geblieben sind!

LEONHARD (*beiseite*). Also doch weg! Nun so brauch ich mir von dem alten Werwolf auch nichts gefallen zu lassen, wenn er mein Schwiegervater ist!

MEISTER ANTON. Mir ging's in jungen Jahren schlecht. Ich bin so wenig wie Er als ein borstiger Igel zur Welt gekommen, aber ich bin nach und nach einer geworden. Erst waren all die Stacheln bei mir nach innen gerichtet, da kniffen und drückten sie alle zu ihrem Spaß auf meiner nachgiebigen glatten Haut herum und freuten sich, wenn ich zusammenfuhr, weil die Spitzen mir in Herz und Eingeweide drangen. Aber das Ding gefiel mir nicht, ich kehrte meine Haut um, nun fuhren ihnen die Borsten in die Finger, und ich hatte Frieden.

LEONHARD (*für sich*). Vor dem Teufel selbst, glaub ich!

MEISTER ANTON. Mein Vater arbeitete sich, weil er sich Tag und Nacht keine Ruhe gönnte, schon in seinem dreißigsten Jahr zu Tode, meine arme Mutter ernährte sich mit Spinnen, so gut es ging, ich wuchs auf, ohne etwas zu lernen, ich hätte mir, als ich größer wurde und doch noch immer nichts verdienen konnte, wenigstens gern das Essen abgewöhnt, aber wenn ich mich auch des Mittags zuweilen krank stellte und den Teller zurückschob, was wollte es bedeuten? Am Abend zwang mich der Magen, mich wieder für gesund zu erklären. Meine größte Pein war, dass ich so ungeschickt blieb, ich konnte darüber mit mir selbst hadern, als ob's meine eigne Schuld wäre, als ob ich mich im Mutterleibe nur mit Fresszähnen versehen und alle nützlichen Eigenschaften und Fertigkeiten wie absichtlich darin zurückgelassen hätte, ich konnte rot werden, wenn mich die Sonne beschien. Gleich nach meiner Konfirmation trat der Mann, den sie gestern begraben haben, der Meister Gebhard, zu uns in die Stube. Er runzelte die Stirn und verzog das Gesicht, wie er immer tat, wenn er etwas Gutes beabsichtigte, dann sagte er zu meiner Mutter: „Hat Sie Ihren Jungen in die Welt gesetzt, dass er Ihr Nase und Ohren vom Kopf fressen soll?“ Ich schämte mich und legte das Brot, von dem ich mir gerade ein Stück abschneiden wollte, schnell wieder in den Schrank, meine Mutter ärgerte sich über das wohl gemeinte Wort, sie hielt ihr Rad an und versetzte hitzig, ihr Sohn sei brav und gut. „Nun, das wollen wir sehen“, sagte der Meister, „wenn er Lust hat, kann er gleich, wie er da steht, mit mir in die

Werkstatt gehen, Lehrgeld verlang ich nicht, die Kost bekommt er, für Kleider will ich auch sorgen, und wenn er früh aufstehen und spät zu Bette gehen will, so soll's ihm an Gelegenheit, hin und wieder ein gutes Trinkgeld für seine alte Mutter zu verdienen, nicht fehlen." Meine Mutter fing zu weinen an, ich zu tanzen, als wir endlich zu Worte kamen, hielt der Meister sich die Ohren zu, schritt hinaus und winkte mir. Den Hut braucht' ich nicht aufzusetzen, denn ich hatte keinen; ohne der Mutter auch nur Adjes zu sagen, folgt' ich ihm, und als ich am nächsten Sonntag zum ersten Mal auf ein Stündchen zu ihr zurück durfte, gab er mir einen halben Schinken für sie mit. Gottes Segen in des braven Mannes Gruft! Noch hör ich sein halbzorniges: „Tonerl, unter die Jacke damit, dass meine Frau es nicht sieht!"

LEONHARD. Kann Er auch weinen?

MEISTER ANTON (*trocknet sich die Augen*). Ja, daran darf ich nicht denken, so gut der Tränenbrunnen auch in mir verstopft ist, das gibt jedes Mal wieder einen Riss. Nun, auch gut; wenn ich einmal wassersüchtig werde, so brauche ich mir wenigstens diese Tropfen nicht mit abzapfen zu lassen. (*Mit einer plötzlichen Wendung.*) Was meint Er? Wenn Er den Mann, dem Er alles verdankte, einmal an einem Sonntagnachmittag auf eine Pfeife Tabak besuchen wollte, und Er träfe ihn verwirrt und verstört, ein Messer in der Hand, dasselbe Messer, womit er ihm tausendmal Sein Vesperbrot abgeschnitten, blutig am Halse, und das Tuch ängstlich bis ans Kinn hinaufziehend – – –

LEONHARD. So ging der alte Gebhard bis an sein Ende!

MEISTER ANTON. Der Narbe wegen. Und Er käme noch eben zur rechten Zeit, Er könnte retten und helfen, aber nicht bloß dadurch, dass Er ihm das Messer aus der Hand risse und die Wunde verbände, sondern Er müsste auch lumpige tausend Taler, die Er erspart hätte, hergeben, und das müsste sogar, um den kranken Mann nur zur Annahme zu bewegen, ganz in der Stille geschehen, was würde Er tun?

LEONHARD. Ledig und los, wie ich bin, ohne Weib und Kind, würde ich das Geld opfern.

MEISTER ANTON. Und wenn Er zehn Weiber hätte, wie die Türken, und so viel Kinder als dem Vater Abraham versprochen waren, und Er könnte sich auch nur einen Augenblick bedenken, so wär Er – nun, Er wird mein Schwiegersohn! Jetzt weiß Er, wo das Geld geblieben ist, heute konnt' ich es ihm sagen, denn mein alter Meister ist begraben, vor einem Monat hätt ich's noch auf dem Sterbebett bei mir behalten. Die Ver schreibung hab ich dem Toten, bevor sie den Sarg zunagelten, unter den Kopf geschoben, wenn ich schreiben könnte, hätt ich vorher ein: Ehrlich bezahlt! darunter gesetzt, unwissend, wie ich bin, blieb mir nichts übrig, als der Länge nach einen Riss ins Papier zu machen. Nun wird er ruhig schlafen, und ich hoffe, ich auch, wenn ich mich einst neben ihn hinstrecke.

SECHSTE SZENE

DIE MUTTER (*tritt schnell ein*). Kennst mich noch?

MEISTER ANTON (*auf das Hochzeitskleid deutend*). Den Rahmen, jawohl, der hat sich gehalten, das Bild nicht recht. Es scheint sich viel Spinnweb' darauf gesetzt zu haben, nun, die Zeit war lang genug dazu!

MUTTER. Hab ich nicht einen aufrichtigen Mann? Doch, ich brauch ihn nicht apart zu loben, Aufrichtigkeit ist die Tugend der Ehemänner.

MEISTER ANTON. Tut's dir Leid, dass du mit zwanzig Jahren besser vergoldet warst als mit fünfzig?

MUTTER. Gewiss nicht! Wär's anders, so müsst ich mich ja für dich und mich schämen!

MEISTER ANTON. So gibst du mir einen Kuss! Ich bin rasiert, und besser wie gewöhnlich!

MUTTER. Ich sage ja, bloß um zu prüfen, ob du dich noch auf die Kunst verstehst. Das fiel dir lange nicht mehr ein!

MEISTER ANTON. Gute Hausmutter! Ich will nicht verlangen, dass du mir die Augen zudrücken sollst, es ist ein schweres Stück, ich will's für dich übernehmen, ich will dir den letzten Liebesdienst erweisen, aber Zeit musst du mir lassen, hörst du, dass ich mich stähle und vorbereite und nicht als Stümper bestehe. Noch wär's viel zu früh!

MUTTER. Gott sei Dank, wir bleiben noch eine Weile beisammen.

MEISTER ANTON. Ich hoff's auch, du hast ja ordentlich wieder rote Backen!

MUTTER. Ein possierlicher Mensch, unser neuer Totengräber. Er machte ein Grab, als ich heute Morgen über den Kirchhof ging, ich fragte ihn, für wen es sei. „Für wen Gott will", sagte er, „vielleicht für mich selbst, es kann mir gehen wie meinem Großvater, der auch mal eins auf den Vorrat gemacht hatte, und in der Nacht, als er aus dem Wirtshaus nach Hause kam, hineinfiel und sich den Hals brach."

LEONHARD (*der bisher im Wochenblatt gelesen hat*). Der Kerl ist nicht von hier, er kann uns vorlügen, was ihm gefällt!

MUTTER. Ich fragte ihn: „Warum wartet Er denn nicht, bis man die Gräber bei Ihm bestellt?" „Ich bin heute auf eine Hochzeit gebeten", sprach er, „und da bin ich Prophet genug, um zu wissen, dass ich's morgen noch im Kopf spüren werde. Nun hat mir aber gewiss jemand den Tort angetan und ist gestorben. Da müsst ich morgen beizeiten heraus und könnte nicht ausschlafen."

MEISTER ANTON. Hanswurst, hätt ich gesagt, wenn das Grab nun nicht passt?

MUTTER. Ich sagte es auch, aber der schüttelt die spitzen Antworten aus dem Ärmel, wie der Teufel die Flöhe. „Ich habe das Maß nach dem Weber Veit genommen", sagte er, „der ragt wie König Saul um einen Kopf über uns alle hinaus, nun mag kommen wer will, er wird sein Haus nicht zu klein finden, und wenn's zu groß ist, so schadet's keinem als mir, denn als ehrlicher Mann lass ich mir keinen Fuß über die Sarglänge bezahlen." Ich warf meine Blumen hinein und sprach: „Nun ist's besetzt!"

MEISTER ANTON. Ich denke, der Kerl hat bloß gespaßt, und das ist schon sündlich genug. Gräber im Voraus machen, hieße vorwitzig die Falle des Todes aufstellen; den Halunken, der es täte, sollte man vom Dienst jagen. (*Zu dem lesenden Leonhard.*) Was Neues? Sucht ein Menschenfreund eine arme Witwe, die ein paar hundert Taler brauchen kann? Oder umgekehrt die arme Witwe den Menschenfreund, der sie geben will?

LEONHARD. Die Polizei macht einen Juwelendiebstahl bekannt. Wunderbar genug. Man sieht daraus, dass trotz der schlechten Zeiten noch immer Leute unter uns leben, die Juwelen besitzen.

MEISTER ANTON. Ein Juwelendiebstahl? Bei wem?

LEONHARD. Beim Kaufmann Wolfram!

MEISTER ANTON. Bei – Unmöglich! Da hat mein Karl vor ein paar Tagen einen Sekretär poliert!

LEONHARD. Aus dem Sekretär verschwunden, richtig!

MUTTER (*zu Meister Anton*). Vergebe dir Gott dies Wort!

MEISTER ANTON. Du hast Recht, es war ein nichtswürdiger Gedanke!

MUTTER. Gegen deinen Sohn, das muss ich dir sagen, bist du nur ein halber Vater.

MEISTER ANTON. Frau, wir wollen heute nicht darüber sprechen!

MUTTER. Er ist anders als du, muss er darum gleich schlecht sein?

MEISTER ANTON. Wo bleibt er denn jetzt? Die Mittagsglocke hat längst geschlagen, ich wette, dass das Essen draußen verkocht und verbrät, weil Klara heimliche Order hat, den Tisch nicht zu decken, bevor er da ist.

MUTTER. Wo sollt er bleiben? Höchstens wird er Kegel schieben, und da muss er ja die entfernteste Bahn aufsuchen, damit du ihn nicht entdeckst. Dann ist der Rückweg natürlich lang. Ich weiß auch nicht, was du gegen das unschuldige Spiel hast.

MEISTER ANTON. Gegen das Spiel? Gar nichts! Vornehme Herren müssen einen Zeitvertreib haben. Ohne den Kartenkönig hätte der wahre König gewiss oft Langeweile, und wenn die Kegel nicht erfunden wären, wer weiß, ob Fürsten und Barone nicht mit unsern Köpfen boßeln würden! Aber ein Handwerksmann kann nicht ärger freveln, als wenn er seinen sauer verdienten Lohn aufs Spiel setzte. Der Mensch muss, was er mit schwerer Mühe im Schweiß seines Angesichts erwirbt, ehren, es hoch und wert halten, wenn er nicht an sich selbst irre werden, wenn er nicht sein ganzes Tun und Treiben verächtlich finden soll. Wie können sich alle meine Nerven spannen für den Taler, den ich wegwerfen will. (*Man hört draußen die Türklingel.*)

MUTTER. Da ist er.

SIEBENTE SZENE

Gerichtsdiener Adam und noch ein Gerichtsdiener treten ein.

ADAM (*zu Meister Anton*). Nun geh Er nur hin und bezahl Er seine Wette! Leute im roten Rock mit blauen Aufschlägen (*dies betont er stark*) sollten Ihm nie ins Haus kommen? Hier sind wir unsrer zwei! (*Zum zweiten Gerichtsdiener.*) Warum behält Er seinen Hut nicht auf, wie ich? Wer wird Umstände machen, wenn er bei seinesgleichen ist?

MEISTER ANTON. Bei deinesgleichen, Schuft?

ADAM. Er hat Recht, wir sind nicht bei unsersgleichen, Schelme und Diebe sind nicht unsersgleichen! (*Er zeigt auf die Kommode.*) Aufgeschlossen! Und dann drei Schritte davon! Dass Er nichts herauspraktiziert!

MEISTER ANTON. Was? Was?

KLARA (*tritt mit Tischzeug herein*). Soll ich – (*Sie verstummt.*)

ADAM (*zeigt ein Papier*). Kann Er geschriebene Schrift lesen?

MEISTER ANTON. Soll ich können, was nicht einmal mein Schulmeister konnte?

ADAM. So hör Er! Sein Sohn hat Juwelen gestohlen. Den Dieb haben wir schon. Nun wollen wir Haussuchung halten!

MUTTER. Jesus! (*Fällt um und stirbt.*)

KLARA. Mutter! Mutter! Was sie für Augen macht!

LEONHARD. Ich will einen Arzt holen!

MEISTER ANTON. Nicht nötig! Das ist das letzte Gesicht. Sah's hundertmal. Gute Nacht, Therese! Du starbst, als du's hörtest! Das soll man dir aufs Grab setzen!

LEONHARD. Es ist doch vielleicht – – – (*Abgehend.*) Schrecklich! Aber gut für mich! (*Ab.*)

MEISTER ANTON (*zieht ein Schlüsselbund hervor und wirft es von sich*). Da! Schließt auf! Kasten nach Kasten! Ein Beil her! Der Schlüssel zum Koffer ist verloren! Hei, Schelmen und Diebe! (*Er kehrt sich die Taschen um.*) Hier find ich nichts!

ZWEITER GERICHTSDIENER. Meister Anton, fass Er sich! Jeder weiß, dass Er der ehrlichste Mann in der Stadt ist.

MEISTER ANTON. So? So? (*Lacht.*) Ja, ich hab die Ehrlichkeit in der Familie allein verbraucht! Der arme Junge! Es blieb nichts für ihn übrig! Die da – (*er zeigt auf die Tote*) war auch viel zu sittsam! Wer weiß, ob die Tochter nicht – (*Plötzlich zu Klara.*) Was meinst du, mein unschuldiges Kind?

KLARA. Vater!

ZWEITER GERICHTSDIENER (*zu Adam*). Fühlt Er kein Mitleid?

ADAM. Kein Mitleid? Wühl ich dem alten Kerl in den Taschen? Zwing ich ihn, die Strümpfe auszuziehen und die Stiefel umzukehren? Damit wollt' ich anfangen, denn ich hasse ihn, wie ich nur hassen kann, seit er im Wirtshaus sein Glas – Er kennt die Geschichte, und Er müsste sich auch beleidigt fühlen, wenn Er Ehre im Leibe hätte. (*Zu Klara.*) Wo ist die Kammer des Bruders?

KLARA (*zeigt sie*). Hinten!

BEIDE GERICHTSDIENER (*ab*).

KLARA. Vater, er ist unschuldig! Er muss unschuldig sein! Er ist ja dein Sohn, er ist ja mein Bruder!

MEISTER ANTON. Unschuldig, und ein Muttermörder? (*Lacht.*)

EINE MAGD (*tritt ein mit einem Brief, zu Klara*). Von Herrn Kassierer Leonhard. (*Ab.*)

MEISTER ANTON. Du brauchst ihn nicht zu lesen! Er sagt sich von dir los! (*Schlägt in die Hände.*) Bravo, Lump!

KLARA (*hat gelesen*). Ja! Ja! O mein Gott!

MEISTER ANTON. Lass ihn!

KLARA. Vater, Vater, ich kann nicht!

MEISTER ANTON. Kannst nicht? Kannst nicht? Was ist das? Bist du –

BEIDE GERICHTSDIENER (*kommen zurück*).

ADAM (*hämisch*). Suchet, so werdet ihr finden!

ZWEITER GERICHTSDIENER (*zu Adam*). Was fällt Ihm ein? Traf's denn heute zu?

ADAM. Halt Er's Maul! (*Beide ab.*)

MEISTER ANTON. Er ist unschuldig und du – du –

KLARA. Vater, Er ist schrecklich!

MEISTER ANTON (*fasst sie bei der Hand, sehr sanft*). Liebe Tochter, der Karl ist doch nur ein Stümper, er hat die Mutter umgebracht, was will's heißen? Der Vater blieb am Leben! Komm ihm zu Hilfe, du kannst nicht verlangen, dass er alles allein tun soll, gib du mir den Rest, der alte Stamm sieht noch so knorrig aus, nicht wahr, aber er wackelt schon, es wird dir nicht zu viel Mühe kosten, ihn zu fällen! Du brauchst nicht nach der Axt zu greifen, du hast ein hübsches Gesicht, ich hab dich noch nie gelobt, aber heute will ich's dir sagen, damit du Mut und Vertrauen bekommst, Augen, Nase und Mund finden gewiss Beifall, werde – du verstehst mich wohl, oder sag mir, es kommt mir so vor, dass du's schon bist!

KLARA (*fast wahnsinnig, stürzt der Toten mit aufgehobenen Armen zu Füßen und ruft wie ein Kind*). Mutter! Mutter!

MEISTER ANTON. Fass die Hand der Toten und schwöre mir, dass du bist, was du sein sollst!

KLARA. Ich – schwöre – dir, – dass – ich – dir – nie – Schande – machen – will!

MEISTER ANTON. Gut! (*Er setzt seinen Hut auf.*) Es ist schönes Wetter! Wir wollen Spießruten laufen, straßauf, straßab! (*Ab.*)

ZWEITER AKT

Zimmer im Hause des Tischlermeisters

ERSTE SZENE

MEISTER ANTON (*steht vom Tisch auf*).

KLARA (*will abräumen*).

MEISTER ANTON. Willst du wieder nicht essen?

KLARA. Vater, ich bin satt.

MEISTER ANTON. Von nichts?

KLARA. Ich aß schon in der Küche.

MEISTER ANTON. Wer keinen Appetit hat, der hat kein gut Gewissen! Nun, alles wird sich finden! Oder war Gift in der Suppe, wie ich gestern träumte? Einiger wilder Schierling aus Versehen beim Pflücken ins Kräuterbündel hineingeraten? Dann tatst du klug!

KLARA. Allmächtiger Gott!

MEISTER ANTON. Vergib mir, ich – Geh zum Teufel mit deiner blassen Leidensmiene, die du der Mutter des Heilands gestohlen hast! Rot soll man aussehen, wenn man jung ist! Nur einer darf Staat machen mit einem solchen Gesicht, und der tut's nicht! Hei! Jedem eine Ohrfeige, der noch au sagt, wenn er sich in den Finger geschnitten hat! Dazu hat keiner das Recht mehr, denn hier steht ein Mann, der – Eigenlob stinkt, aber was tat ich, als der Nachbar über deiner Mutter den Sargdeckel zunageln wollte?

KLARA. Er riss ihm den Hammer weg und tat's selbst, und sprach: „Dies ist mein Meisterstück!" Der Kantor, der eben mit den Chorknaben vor der Tür das Sterbelied absang, meinte, Er sei verrückt geworden!

MEISTER ANTON. Verrückt! (*Lacht.*) Verrückt! Ja, ja, das ist ein kluger Kopf, der sich selbst köpft, wenn's Zeit ist. Der meinige muss dazu zu fest stehen, sonst – Man hockte in der Welt und glaubte, in einer guten Herberg hinterm Ofen zu sitzen, da wird plötzlich Licht auf den Tisch gestellt, und siehe da, man ist in einem Räuberloch, nun geht's piff, paff von allen Seiten, aber es schadet nicht, man hat zum Glück ein steinernes Herz!

KLARA. Ja, Vater, so ist's!

MEISTER ANTON. Was weißt du davon? Meinst du, du hast ein Recht, mit mir zu fluchen, weil dein Schreiber davongelaufen ist? Dich wird ein anderer sonntags nachmittags spazieren führen, ein anderer wird dir sagen, dass deine Backen rot sind und deine Augen blau, ein anderer wird dich zum Weibe nehmen, wenn du's verdienst. Aber wenn du nun dreißig Jahre lang in Züchten und Ehren die Last des Lebens getragen, wenn du nie gemurrt, sondern Leid und Tod und jedes Missgeschick in Geduld hingenommen hast, und dann kommt dein Sohn, der dir für dein Alter ein weiches Kopfkissen stopfen sollte, und überhäuft dich so mit Schande, dass du die Erde anrufen möchtest: verschlucke mich, wenn dich nicht ekelt, denn ich bin kotiger als du! – dann magst du all die Flüche, die i c h in meiner Brust zurückhalte, aussprechen, dann magst du dein Haar raufen und deine Brüste zerschlagen, das sollst du vor mir voraushaben, denn du bist kein Mann!

KLARA. O Karl!

MEISTER ANTON. Wundern soll mich's doch, was ich tun werde, wenn ich ihn wieder vor mir sehe, wenn er abends vor Lichtanzünden mit geschorenem Kopf, denn im Zuchthaus sind die Frisuren nicht erlaubt, in die Stube tritt und einen Guten Abend herausstottert und die Klinke der Tür in der Hand behält. Tun werd ich etwas, das ist gewiss, aber was? (*Mit Zähneknirschen.*) Und ob sie ihn zehn Jahre behalten, er wird mich finden, ich werde so lange leben, das weiß ich, merk dir's, Tod, ich bin von jetzt an ein Stein vor deiner Hippe, sie wird eher zerspringen, als mich aus der Stelle rücken!

KLARA (*fasst seine Hand*). Vater, Er sollte sich eine halbe Stunde niederlegen!

MEISTER ANTON. Um zu träumen, dass du in die Wochen gekommen seist? Um dann aufzufahren und dich zu packen, und mich hinterdrein zu besinnen und zu sprechen: Liebe Tochter, ich wusste nicht, was ich tat! Ich danke! Mein Schlaf hat den Gaukler verabschiedet und einen Propheten in Dienst genommen, der zeigt mir mit seinem Blutfinger hässliche Dinge, und ich weiß nicht, wie's kommt, alles scheint mir jetzt möglich. Hu, mich schaudert's vor der Zukunft, wie vor einem Glas Wasser, das man durchs Mikroskop – ist's richtig, Herr Kantor? Er hat mir's oft genug vorbuchstabiert! – betrachtet hat. Ich tat's einmal in Nürnberg auf der Messe und mochte den ganzen Tag nicht mehr trinken! Den lieben Karl sah ich in der letzten Nacht mit einer Pistole in der Hand, als ich den Schützen näher ins Auge fasste, drückte er ab, ich hörte einen Schrei, aber vor Pulverdampf konnt' ich nichts sehen, auch als der Dampf sich verzog, erblickte ich keinen zerschmetterten Schädel, aber mein Herr Sohn war inzwischen ein reicher Mann geworden, er stand und zählte Goldstücke von einer Hand in die andere, und er hatte ein Gesicht – hol mich der Teufel, man kann's nicht ruhiger haben, wenn man den ganzen Tag arbeitete und nun die Werkstatt hinter sich abschließt. Nun davor könnte man aufpassen! Man könnte Gericht halten und sich nachher selbst vor den höchsten Richter stellen.

KLARA. Werd Er doch wieder ruhig!

MEISTER ANTON. Werd Er doch wieder gesund! Warum ist Er krank! Ja, Arzt, reich mir nur den Trank der Genesung! Dein Bruder ist der schlechteste Sohn, werde du die beste Tochter! Wie ein nichtswürdiger Bankrottierer steh ich vor dem Angesicht der Welt, einen braven Mann, der in die Stelle dieses Invaliden treten könne, war ich ihr schuldig, mit einem Schelm hab ich sie betrogen. Werde du ein Weib, wie deine Mutter war, dann wird man sprechen: An den Eltern hat's nicht gelegen, dass der Bube abseits ging, denn die Tochter wandelt den rechten Weg und ist allen anderen vorauf. (*Mit schrecklicher Kälte.*) Und ich will das meinige dazu tun, ich will dir die Sache leichter machen als den Übrigen. In dem Augenblick, wo ich bemerke, dass man auch auf dich mit Fingern zeigt, werd ich – (*mit einer Bewegung an den Hals*) mich rasieren und dann, das schwör ich dir zu, rasier ich den ganzen Kerl weg; du kannst sagen, es sei aus Schreck geschehen, weil auf der Straße ein Pferd durchging, oder weil die Katze auf dem Boden einen Stuhl umwarf, oder weil mir eine Maus an den Beinen hinauflief. Wer mich kennt, wird freilich den Kopf dazu schütteln, denn ich bin nicht sonderlich schreckhaft, aber was tut's? Ich kann's in einer Welt nicht aushalten, wo die Leute mitleidig sein müssten, wenn sie nicht vor mir ausspucken sollen.

KLARA. Barmherziger Gott, was soll ich tun?

MEISTER ANTON. Nichts, nichts, liebes Kind, ich bin zu hart gegen dich, ich fühl's wohl, nichts, bleib nur, was du bist, dann ist's gut! Oh, ich hab so groß Unrecht erlitten, dass ich Unrecht tun muss, um nicht zu erliegen, wenn's mich so recht anfasst. Sieh, ich gehe vorhin über die Straße, da kommt der Pockenfritz daher, der Gaudieb, den ich vor Jahren ins Loch stecken ließ, weil er zum dritten Mal lange Finger bei mir gemacht hatte. Früher wagte der Halunke nicht, mich anzusehen, jetzt trat er frech auf mich zu und reichte mir die Hand. Ich wollte ihm einen hinter die Ohren geben, aber ich besann mich und spuckte nicht einmal aus, wir sind ja Vettern seit acht Tagen und es ist billig, dass Verwandte sich grüßen. Der Pfarrer, der mitleidige Mann, der mich gestern besuchte, meinte zwar, ein Mensch habe niemanden zu vertreten als sich selbst, und es sei ein unchristlicher Hochmut von mir, dass ich auch noch für meinen Sohn aufkommen wolle; sonst müsste Adam es sich so gut zu Gemüte ziehen wie ich. Herr, ich glaub's gern, dass es den Frieden des Erzvaters im Paradiese nicht mehr stört, wenn einer seiner Ururenkel zu morden oder zu rauben anfängt, aber raufte er sich nicht die Haare über Kain? Nein, nein, es ist zu viel! Ich könnte mich zuweilen nach meinem Schatten umsehen, ob er nicht schwärzer geworden ist! Denn alles, alles kann ich ertragen und hab's bewiesen, nur nicht die Schande! Legt mir auf den Nacken, was ihr wollt, nur schneidet nicht den Nerv durch, der mich zusammenhält!

KLARA. Vater, noch hat Karl ja nichts gestanden, und sie haben auch nichts bei ihm gefunden.

MEISTER ANTON. Was soll mir das? Ich bin in der Stadt herumgegangen und habe mich in den Schenken nach seinen Schulden erkundigt, da kam mehr zusammen, als er im nächsten Vierteljahr bei mir verdient hätte, und wenn er noch dreimal so fleißig wäre, als er ist. Nun weiß ich, warum er immer zwei Stunden später Feierabend machte als ich und warum er trotzdem auch noch vor mir aufstand, aber er sah ein, dass dies alles doch nichts half, oder es war ihm zu mühevoll und dauerte ihm zu lange, da griff er zu, als die Gelegenheit sich bot.

KLARA. Er glaubt von Karl immer das Schlimmste. Er hat es stets getan! Weiß Er wohl noch, wie –

MEISTER ANTON. Du sprichst, wie deine Mutter sprechen würde, ich will dir antworten, wie ich ihr zu antworten pflegte, ich will stillschweigen!

KLARA. Und wenn Karl doch freigesprochen wird? Wenn die Juwelen sich wieder finden?

MEISTER ANTON. Dann würd ich einen Advokaten annehmen und mein letztes Hemd daran setzen, um zu erfahren, ob der Bürgermeister den Sohn eines ehrlichen Mannes mit Recht ins Gefängnis warf oder nicht. Wär es, so würd ich mich beugen, denn was jedem widerfahren kann, das muss auch ich mir gefallen lassen, und musste ich es zu meinem Unglück auch tausendmal teurer bezahlen als andere, es war ein Schicksal, und wenn Gott mich schlägt, so falte ich die Hände und spreche: Herr, du weißt warum! Wär es aber nicht, hätte der Mann mit der goldenen Kette um den Hals sich übereilt, weil er an nichts dachte als daran, dass der Kaufmann, der die Juwelen vermisst, sein Schwager ist, so würde sich's finden, ob das Gesetzbuch ein Loch hat und ob der König, der wohl weiß, dass er seinen

Untertanen ihre Treu und ihren Gehorsam mit Gerechtigkeit bezahlen muss, und der dem Geringsten unter ihnen gewiss am wenigsten etwas schuldig bleiben will, dies Loch ungestopft ließe. Aber dies sind unnütze Reden! Der Junge wird so wenig rein aus diesem Prozess hervorgehen wie deine Mutter lebendig aus ihrer Gruft. Von dem kommt mir nun und nimmer ein Trost, darum vergiss du nicht, was du mir schuldig bist, halte du deinen Schwur, damit ich den meinigen nicht zu halten brauche. (*Er geht, kehrt aber wieder um.*) Ich komme heut Abend erst spät nach Hause, ich gehe zu dem alten Holzhändler ins Gebirge. Das ist der einzige Mann, der mir noch wie sonst in die Augen sieht, weil er noch nicht von meiner Schande weiß. Er ist taub, keiner kann ihm was erzählen, ohne sich heiser zu schreien, und auch dann hört er alles verkehrt, darum erfährt er nichts. (*Ab.*)

ZWEITE SZENE

KLARA (*allein*). O Gott, o Gott! Erbarme dich! Erbarme dich über den alten Mann! Nimm mich zu dir! Ihm ist nicht anders zu helfen! Sieh, der Sonnenschein liegt so goldig auf der Straße, dass die Kinder mit Händen nach ihm greifen, die Vögel fliegen hin und her, Blumen und Kräuter werden nicht müde, in die Höhe zu wachsen. Alles lebt, alles will leben, tausend Kranke zittern in dieser Stunde vor dir, o Tod; wer dich in der beklommenen Nacht noch rief, weil er seine Schmerzen nicht mehr ertragen konnte, der findet sein Lager jetzt wieder sanft und weich, i c h rufe dich! Verschone den, dessen Seele sich am tiefsten vor dir wegkrümmt, lass ihm so lange Frist, bis die schöne Welt wieder grau und öde wird, nimm mich für ihn! Ich will nicht schaudern, wenn du mir deine kalte Hand reichst, ich will sie mutig fassen und dir freudiger folgen, als dir noch je ein Menschenkind gefolgt ist.

DRITTE SZENE

DER KAUFMANN WOLFRAM (*tritt ein*). Guten Tag, Jungfer Klara, ist Ihr Vater nicht zu Hause?

KLARA. Er ist eben fortgegangen.

WOLFRAM. Ich komme – – meine Juwelen haben sich wieder gefunden.

KLARA. O Vater, wärst du da! Er hat seine Brille vergessen, dort liegt sie! Dass er's bemerkte und umkehrte! Wie denn? – Wo? – Bei wem?

WOLFRAM. Meine Frau – Sag Sie mir aufrichtig, Jungfer, hat Sie nicht auch schon etwas Wunderliches über meine Frau gehört?

KLARA. Ja!

WOLFRAM. Dass sie – (*Er deutet auf die Stirn.*) Nicht wahr?

KLARA. Dass sie nicht recht bei sich ist, freilich!

WOLFRAM (*ausbrechend*). Mein Gott! Mein Gott! Alles umsonst! Keinen Dienstboten, den ich einmal in mein Haus nahm, hab ich wieder von mir gelassen, jedem habe ich doppelten Lohn gegeben und zu allen Nachlässigkeiten die Augen zugedrückt, um mir ihr Stillschweigen zu erkaufen, dennoch – die falschen, undankbaren Kreaturen! O meine armen Kinder! Bloß euretwegen suchte ich's zu verbergen!

KLARA. Schelt Er seine Leute nicht! Die sind gewiss unschuldig! Seit das Nachbarhaus abbrannte, und Seine Frau aus dem geöffneten Fenster dazu lachte und in die Hände klatschte, ja sogar mit vollen Backen ins Feuer hinüberblies, als wollte sie es noch mehr anfachen, seitdem hatte man nur die Wahl, ob man sie für einen Teufel oder für eine Verrückte halten wollte. Und das haben Hunderte gesehen.

WOLFRAM. Es ist wahr. Nun, da die ganze Stadt mein Unglück kennt, so wäre es töricht, wenn ich Ihr das Versprechen abfordern wollte, es zu verschweigen. Höre Sie denn! Den Diebstahl, wegen dessen Ihr Bruder im Gefängnis sitzt, hat der Wahnsinn begangen!

KLARA. Seine eigene Frau –

WOLFRAM. Dass sie, die früher die edelste, mitleidigste Seele von der Welt war, boshaft und schadenfroh geworden ist, dass sie jauchzt und jubelt, wenn vor ihren Augen ein Unglück geschieht, wenn die Magd ein Glas zerbricht oder sich in den Finger schneidet, wusste ich längst; dass sie aber auch Sachen im Hause auf die Seite bringt, Geld versteckt, Papiere zerreißt, das habe ich leider zu spät erfahren, erst heute Mittag. Ich hatte mich aufs Bett gelegt und wollte eben einschlafen, da bemerkte ich, dass sie sich mir leise näherte und mich scharf betrachtete, ob ich schon schliefe. Ich schloss die Augen fester, da nahm sie aus meiner über den Stuhl gehängten Weste den Schlüssel, öffnete den Sekretär, griff nach einer Goldrolle, schloss wieder zu und trug den Schlüssel zurück. Ich entsetzte mich, doch ich hielt an mich, um sie nicht zu stören, sie verließ das Zimmer, ich schlich ihr auf den Zehen nach. Sie stieg zum obersten Boden hinauf und warf die Goldrolle in eine alte Kiste hinein, die noch vom Großvater her leer dasteht, dann sah sie sich scheu nach allen Seiten um und eilte, ohne mich zu bemerken, wieder fort. Ich zündete einen Wachsstock an und durchsuchte die Kiste, da fand ich die Spielpuppe meiner jüngsten Tochter, ein Paar Pantoffeln der Magd, ein Handlungsbuch, Briefe und leider, oder gottlob, wie soll ich sagen, ganz unten auch die Juwelen!

KLARA. O meine arme Mutter! Es ist doch zu schändlich!

WOLFRAM. Gott weiß, ich würde den Schmuck darum geben, könnt ich ungeschehen machen, was geschehen ist! Aber nicht ich bin schuld! Dass mein Verdacht, bei aller Achtung vor Ihrem Vater, auf Ihren Bruder fiel, war natürlich, er hatte den Sekretär poliert, und mit ihm waren die Juwelen verschwunden, ich bemerkte es fast augenblicklich, denn ich musste aus dem Fach, worin sie lagen, Papiere herausnehmen. Doch es fiel mir nicht ein, gleich strenge Maßregeln gegen ihn zu ergreifen, ich teilte die Sache nur vorläufig dem Gerichtsdiener Adam mit und ersuchte ihn, ganz in der Stille Nachforschungen anzustellen, aber dieser wollte von keiner Schonung wissen, er erklärte mir, er müsse und werde den Fall auf der Stelle anzeigen, denn Ihr Bruder sei ein Säufer und Schuldenmacher, und er gilt bei dem Bürgermeister leider so viel, dass er durchsetzen kann, was er will. Der Mann scheint bis aufs Äußerste gegen Ihren Vater aufgebracht zu sein, ich weiß nicht warum, es war nicht möglich, ihn zu beschwichtigen, er hielt sich die Ohren zu und rief, als er fortrannte: „Wenn Er mir den Schmuck geschenkt hätte, ich wäre nicht so vergnügt wie jetzt!“

KLARA. Der Gerichtsdiener hat im Wirtshaus einmal sein Glas neben das meines Vaters auf den Tisch gestellt und ihm dabei zugenickt, als ob er ihn zum Anstoßen auffordern wolle. Da hat mein Vater das seinige weggenommen und gesagt: „Leute im roten Rock mit blauen Aufschlägen mussten ehemals aus Gläsern mit hölzernen Füßen trinken, auch mussten sie draußen vor dem Fenster, oder wenn's regnete, vor der Tür stehen bleiben und bescheiden den Hut abziehen, wenn der Wirt ihnen den Trunk reichte; wenn sie aber ein Gelüsten trugen, mit jemandem anzustoßen, so warteten sie, bis der Gevatter Fallmeister vorüberkam.“ Gott! Gott! Was ist alles möglich auf der Welt! Das hat meine Mutter mit einem jähen Tode bezahlen müssen!

WOLFRAM. Man soll keinen reizen und die Schlimmen am wenigsten! Wo ist Ihr Vater?

KLARA. Im Gebirg beim Holzhändler.

WOLFRAM. Ich reite hinaus und such ihn auf. Beim Bürgermeister war ich schon, leider traf ich ihn nicht daheim, sonst würde Ihr Bruder schon hier sein, aber der Sekretär hat sogleich einen Boten abgefertigt, Sie wird ihn noch vor Abend sehen. (*Ab.*)

VIERTE SZENE

KLARA (*allein*). Nun sollt ich mich freuen! Gott, Gott! Und ich kann nichts denken, als: Nun bist du's allein! Und doch ist mir zumut, als müsse mir gleich etwas einfallen, das alles wieder gutmacht!

FÜNFTE SZENE

DER SEKRETÄR (*tritt ein*). Guten Tag!

KLARA (*hält sich an einem Stuhl, als sollte sie umfallen*). Der! O wenn der nicht zurückgekommen wäre –

SEKRETÄR. Der Vater ist nicht zu Hause?

KLARA. Nein!

SEKRETÄR. Ich bringe eine fröhliche Botschaft. Ihr Bruder – Nein, Klara, ich kann in diesem Ton nicht mir dir reden, mir deucht, Tische, Stühle, Schränke, all die Bekannten – Guten Tag, du! (*Er nickt einem Schranke zu.*) Wie geht's? Du hast dich nicht verändert! – um die wir als Kinder so oft herumgehüpft sind, werden die Köpfe zusammenstecken und den Narren ausspotten, wenn ich nicht schnell einen anderen anschlage. Ich muss du zu dir sagen wie ehemals, wenn's dir nicht gefällt, so denke: der große Junge träumt, ich will ihn aufwecken und vor ihn hintreten und mich (*mit Gebärden*) hoch aufrichten, damit er sieht, dass er kein kleines Kind mehr vor sich hat – das war dein Maß im elften Jahr! (*er deutet auf einen Schrammstrich in der Tür*) – sondern ein gehörig erwachsenes Mädchen, das den Zucker auch dann erreichen kann, wenn er auf den Schrank gestellt wird. Du weißt doch noch? Das war der Platz, die feste Burg, wo er auch unverschlossen vor uns sicher war. Wir vertrieben uns, wenn er dort stand, die Zeit gewöhnlich mit Fliegenklatschen, weil wir den Fliegen, die lustig ab- und zuflogen, das unmöglich gönnen konnten, was wir selbst nicht zu erlangen wussten.

KLARA. Ich dächte, man vergäße solche Dinge, wenn man hundert und tausend Bücher durchstudieren müsste.

SEKRETÄR. Man vergisst's auch! Freilich, was vergisst man nicht über Justinian und Gajus! Die Knaben, die sich so hartnäckig gegen das Abc wehren, wissen wohl warum; sie haben eine Ahnung davon, dass, wenn sie sich nur mit der Fibel nicht einlassen, sie mit der Bibel nie Händel bekommen können! Aber schändlich genug, man verführt die unschuldigen Seelen, man zeigt ihnen hinten den roten Hahn mit dem Korb voll Eier, da sagen sie von selbst: Ah! und nun ist kein Halten mehr, nun geht's reißend schnell bergunter bis zum Z, und so weiter und weiter, bis sie auf einmal mitten im Corpus juris sind und mit Grausen innewerden, in welche Wildnis die verfluchten vierundzwanzig Buchstaben, die sie anfangs im lustigen Tanz nur zu wohlschmeckenden und wohlriechenden Worten, wie Kirsche und Rose zusammenstellten, sie hineingelockt haben!

KLARA. Und wie wird's dann gemacht? (*Abwesend ohne allen Anteil.*)

SEKRETÄR. Darin sind die Temperamente verschieden. Einige arbeiten sich durch. Die kommen gewöhnlich in drei bis vier Jahren wieder ans Tageslicht, sind dann aber etwas mager und blass, das muss man ihnen nicht übel nehmen. Zu diesen gehöre ich. Andere legen sich in der Mitte des Waldes nieder, sie wollen bloß ausruhen, aber sie stehen selten wieder auf. Ich habe selbst einen Bekannten, der nun schon drei Jahre im Schatten der Lex Julia sein Bier trinkt, er hat sich den Platz des Namens wegen ausgesucht, der ruft ihm angenehme Erinnerungen zurück. Noch andere werden desperat und kehren um. Die sind die Dümmsten, denn man lässt sie nur unter der Bedingung aus dem einen Dickicht heraus, dass sie sich spornstreichs wieder in ein anderes hineinbegeben. Und da gibt's einige, die noch schrecklicher sind, die gar kein Ende haben! (*Für sich.*) Was man alles schwätzt, wenn man etwas auf dem Herzen hat und es nicht herauszubringen weiß!

KLARA. Alles ist heute lustig und munter, das macht der schöne Tag!

SEKRETÄR. Ja, bei solchem Wetter fallen die Eulen aus dem Nest, die Fledermäuse bringen sich um, weil sie fühlen, dass der Teufel sie gemacht hat, der Maulwurf bohrt sich so tief in die Erde ein, dass er den Weg zurück nicht mehr findet und jämmerlich ersticken muss, wenn er sich nicht bis zur anderen Seite durchfrisst und in Amerika wieder zum Vorschein kommt. Heute tut jede Kornähre einen doppelten Schuss, und jede Mohnblume wird noch einmal so rot wie sonst, wenn auch nur aus Scham, dass sie's noch nicht ist. Soll der Mensch zurückbleiben? Soll er den lieben Gott um den einzigen Zins betrügen, den seine Welt ihm abwirft, um ein fröhlich Gesicht und um ein helles Auge, das all die Herrlichkeit abspiegelt und verklärt zurückgibt? Wahrhaftig, wenn ich des Morgens diesen oder jenen Hocker aus seiner Tür hervorschleichen sehe, die Stirn in Falten heraufgezogen und den Himmel anglotzend wie einen Bogen Löschpapier, dann denk ich oft: es gibt gleich Regen, Gott muss, er kann nicht umhin, den Wolkenvorhang niederzulassen, um sich nur über die Fratze nicht zu ärgern. Man sollte die Kerls als Hintertreiber von Lustpartien, als Verderber des Erntewetters vor Gericht belangen können. Wodurch willst du denn für das Leben danken, als dadurch, dass du lebst? Jauchze Vogel, sonst verdienst du die Kehle nicht!

KLARA. Ach, das ist so wahr, so wahr – ich könnte gleich zu weinen anfangen!

SEKRETÄR. Es ist nicht gegen dich gesagt, dass du seit acht Tagen schwerer atmest wie sonst, begreif ich wohl, ich kenne deinen Alten. Aber gottlob, ich kann deine Brust wieder freimachen, und eben darum bin ich hier, Du wirst deinen Bruder noch heut Abend wieder sehen, und nicht auf ihn, sondern auf die Leute, die ihn ins Gefängnis geworfen haben, wird man mit Fingern zeigen. Verdient das einen Kuss, einen schwesterlichen, wenn's denn kein anderer sein darf? Oder wollen wir Blindekuh darum spielen? Wenn ich dich nicht in zehn Minuten hasche, so geh ich leer aus und bekomm noch einen Backenstreich obendrein.

KLARA (*für sich*). Mir ist, als wär ich auf einmal tausend Jahre alt geworden, und nun stünde die Zeit über mir still, ich kann nicht zurück und auch nicht vorwärts. Oh, dieser festgenagelte Sonnenschein und all die Heiterkeit um mich her!

SEKRETÄR. Du antwortest mir nicht. Freilich, das vergaß ich, du bist Braut! O Mädchen, warum hast du mir das angetan! Und doch – habe ich ein Recht, mich zu beklagen? Sie ist, wie alles Liebe und Gute, alles Liebe und Gute hätte mich an sie erinnern sollen, dennoch war sie jahrelang für mich wie nicht mehr in der Welt. Dafür hat sie – Wär's nur wenigstens ein Kerl, vor dem man die Augen niederschlagen müsste! Aber dieser Leonhard –

KLARA (*plötzlich, wie sie den Namen hört*). Ich muss zu ihm – Das ist's ja, ich bin nicht mehr die Schwester eines Diebes – o Gott, was will ich denn noch? Leonhard wird und muss – Er braucht ja bloß kein Teufel zu sein, und alles ist wie vorher!

(*Schaudernd.*) Wie vorher! (*Zum Sekretär.*) Nimm's nicht übel, Friedrich! – Warum werden mir die Beine auf einmal so schwer?

SEKRETÄR. Du willst –

KLARA. Zu Leonhard, wohin denn sonst? Nur den einen Weg hab ich auf dieser Welt noch zu machen!

SEKRETÄR. So liebst du ihn? Dann –

KLARA (*wild*). Lieben? Er oder der Tod! Wundert's wen, dass ich ihn wähle? Ich tät's nicht, dächt ich an mich allein!

SEKRETÄR. Er oder der Tod? Mädchen, so spricht die Verzweiflung, oder –

KLARA. Mach mich nicht rasend! Nenne das Wort nicht mehr! Dich! dich lieb ich! Da! Da! Ich ruf's dir zu, als ob ich schon jenseits des Grabes wandelte, wo niemand mehr rot wird, wo sie alle nackt und frierend aneinander vorbeischleichen, weil Gottes furchtbar heilige Nähe in jedem den Gedanken an die anderen bis auf die Wurzel weggezehrt hat!

SEKRETÄR. Mich? Noch immer mich? Klara, ich hab's geahnt, als ich dich draußen im Garten sah!

KLARA. Hast du? Oh, der andere auch! (*Dumpf, als ob sie allein wäre.*) Und er trat vor mich hin! Er oder ich! Oh, mein Herz, mein verfluchtes Herz! Um ihm, um mir selbst zu beweisen, dass es nicht so sei, oder um's zu ersticken, wenn's so wäre, tat ich, was mich jetzt – (*in Tränen ausbrechend*) Gott im Himmel, ich würde mich erbarmen, wenn ich du wäre, und du ich!

SEKRETÄR. Klara, werde mein Weib! Ich kam zu dir, um dir noch einmal auf die alte Weise ins Auge zu sehen. Hättest du den Blick nicht verstanden, ich würde mich, ohne zu reden, wieder entfernt haben. Jetzt biet ich dir alles an, was ich bin und was ich habe. Es ist wenig, aber es kann mehr werden. Längst wäre ich hier gewesen, doch deine Mutter war krank, dann starb sie.

KLARA (*lacht wahnsinnig*).

SEKRETÄR. Fasse Mut, Mädchen. Der Mensch hat dein Wort. Das ängstigt dich. Und freilich ist's verflucht. Wie konntest du –

KLARA. Oh, frag noch, was alles zusammenkommt, um ein armes Mädchen verrückt zu machen. Spott und Hohn von allen Seiten, als du auf die Akademie gezogen warst und nichts mehr von dir hören ließest. „Die denkt noch an den! – Die glaubt, dass Kindereien ernsthaft gemeint waren! – Erhält sie Briefe?" – Und dann die Mutter! „Halte dich zu deinesgleichen! Hochmut tut nimmer gut! Der Leonhard ist doch recht brav, alle wundern sich, dass du ihn über die Achsel ansichst." Dazu mein eignes Herz. Hat er dich vergessen, zeig ihm, dass auch du – o Gott!

SEKRETÄR. Ich bin schuld. Ich fühl's. Nun, was schwer ist, ist darum nicht unmöglich. Ich schaff dir dein Wort zurück. Vielleicht –

KLARA. Oh, mein Wort – da! (*Sie wirft ihm Leonhards Brief hin.*)

SEKRETÄR (*liest*). Ich als Kassierer – dein Bruder – Dieb – sehr Leid – aber ich kann nicht umhin aus Rücksicht auf mein Amt – – (*Zu Klara.*) Das schrieb er dir denselben Tag, wo deine Mutter starb? Er bezeugt dir ja zugleich sein Beileid über ihren jähen Tod!

KLARA. Ich glaube, ja!

SEKRETÄR. Dass dich! Lieber Gott, die Katzen, Schlangen und sonstigen Scheusale, die dir bei der Schöpfung so zwischen den Fingern durchgeschlüpft sind, haben Beelzebubs Wohlgefallen erregt, er hat sie dir nachgemacht, aber er hat sie besser herausgeputzt wie du, er hat sie in Menschenhaut gesteckt, und nun stehen sie mit deinen Menschen in Reih und Glied, und man erkennt sie erst, wenn sie kratzen und stechen! (*Zu Klara.*) Aber es ist ja gut, es ist ja vortrefflich! (*Er will sie umarmen.*) Komm! Für ewig! Mit diesem Kuss –

KLARA (*sinkt an ihn*). Nein, nicht für ewig, nur dass ich nicht umfalle, aber keinen Kuss!

SEKRETÄR. Mädchen, du liebst ihn nicht, du hast dein Wort zurück –

KLARA (*dumpf, sich wieder aufrichtend*). Und ich muss doch zu ihm, ich muss mich auf Knien vor ihm niederwerfen und stammeln: sieh die weißen Haare meines Vaters an, nimm mich!

SEKRETÄR. Unglückliche, versteh ich dich?

KLARA. Ja!

SEKRETÄR. Darüber kann kein Mann weg! Vor dem Kerl, dem man ins Gesicht spucken möchte, die Augen niederschlagen müssen? (*Er presst Klara wild an sich.*) Ärmste! Ärmste!

KLARA. Geh nun, geh!

SEKRETÄR (*für sich, brütend*). Oder man müsste den Hund, der's weiß, aus der Welt wegschießen! Dass er Mut hätte! Dass er sich stellte! Dass man ihn zwingen könnte! Ums Treffen wär mir nicht bange!

KLARA. Ich bitte dich!

SEKRETÄR (*indem er geht*). Wenn's dunkel wird! (*Er kehrt wieder um und fasst Klaras Hand.*) Mädchen, du stehst vor mir – – (*Er wendet sich ab.*) Tausende ihres Geschlechts hätten's klug und listig verschwiegen, und es erst dem Mann in einer Stunde süßer Vergessenheit in Ohr und Seele geschmeichelt! Ich fühle, was ich dir schuldig bin! (*Ab.*)

SECHSTE SZENE

KLARA (*allein*). Zu! Zu, mein Herz! Quetsch dich in dich ein, dass auch kein Blutstropfen mehr heraus kann, der in den Adern das gefrierende Leben wieder entzünden will. Da hatte sich wieder was, wie eine Hoffnung, in dir aufgetan! Jetzt erst merk ich's! Ich dachte – (*Lächelnd.*) Nein, darüber kann kein Mann weg! Und wenn – Könntest du selbst darüber hinweg? Hättest du den Mut, eine Hand zu fassen, die – Nein, nein, diesen schlechten Mut hättest du nicht! Du müsstest dich selbst einriegeln in deine Hölle, wenn man dir von außen die Tore öffnen wollte – Du bist für ewig – Oh, dass das aussetzt, dass das nicht immer so fortbohrt, dass zuweilen ein Aufhören ist! Nur darum dauert's lange! Der Gequälte glaubt auszuruhen, weil der Quäler einhalten muss, um Odem zu schöpfen; es ist ein Aufatmen, wie des Ertrinkenden auf den Wellen, wenn der Strudel, der ihn hinunterzieht, ihn noch einmal wieder ausspeit, um ihn gleich wieder aufs Neue zu fassen, er hat nichts davon als den zwiefachen Todeskampf! – Nun, Klara? Ja, Vater, ich gehe, ich gehe! Deine Tochter wird dich nicht zum Selbstmord treiben! Ich bin bald das Weib des Menschen, oder – Gott, nein! Ich bettle ja nicht um mein Glück, ich bettle um mein Elend, um mein tiefstes Elend – mein Elend wirst du mir geben! Fort – wo ist der Brief? (*Sie nimmt ihn.*) Drei Brunnen triffst du auf dem Weg zu ihm – Dass du mir an keinem stehen bleibst! Noch hast du nicht das Recht dazu! (*Ab.*)

DRITTER AKT

Zimmer bei Leonhard

ERSTE SZENE

LEONHARD *(an einem Tisch mit Akten, schreibend).* Das wäre nun der sechste Bogen nach Tisch! Wie fühlt sich der Mensch, wenn er seine Pflicht tut! Jetzt könnte mir in die Tür treten, wer wollte, und wenn's der König wäre – ich würde aufstehen, aber ich würde nicht in Verlegenheit geraten! Einen nehm ich aus, das ist der alte Tischler! Aber im Grunde kann auch der mir wenig machen! Die arme Klara! Sie dauert mich, ich kann nicht ohne Unruhe an sie denken! Dass der eine verfluchte Abend nicht wäre! Es war in mir wirklich mehr Eifersucht als die Liebe, die mich zum Rasen brachte, und sie ergab sich gewiss nur darein, um meine Vorwürfe zu widerlegen, denn sie war kalt gegen mich, wie der Tod. Ihr stehen böse Tage bevor, nun, auch ich werde noch viel Verdruss haben! Trage jeder das Seinige! Vor allen Dingen die Sache mit dem kleinen Buckel nur recht fest gemacht, damit die mir nicht entgeht, wenn das Gewitter ausbricht! Dann hab ich den Bürgermeister auf meiner Seite und brauche vor nichts bange zu sein!

ZWEITE SZENE

KLARA (*tritt ein*). Guten Abend, Leonhard!

LEONHARD. Klara? (*Für sich.*) Das hätt ich nun nicht mehr erwartet! (*Laut.*) Hast du meinen Brief nicht erhalten? Doch – du kommst vielleicht für deinen Vater und willst die Steuer bezahlen! Wie viel ist es nur? (*In einem Journal blätternd.*) Ich sollte es eigentlich aus dem Kopf wissen!

KLARA. Ich komme, um dir deinen Brief zurückzugeben! Hier ist er! Lies ihn noch einmal!

LEONHARD (*liest mit großem Ernst*). Es ist ein ganz vernünftiger Brief! Wie kann ein Mann, dem die öffentlichen Gelder anvertraut sind, in eine Familie heiraten, zu der (*er verschluckt sein Wort*) zu der dein Bruder gehört?

KLARA. Leonhard!

LEONHARD. Aber vielleicht hat die ganze Stadt Unrecht? Dein

Bruder sitzt nicht im Gefängnis? Er hat nie im Gefängnis gesessen? Du bist nicht die Schwester eines – deines Bruders?

KLARA. Leonhard. Ich bin die Tochter meines Vaters, und nicht als Schwester eines unschuldig Verklagten, der schon wieder freigesprochen ist, denn das ist mein Bruder, nicht als Mädchen, das vor unverdienter Schande zittert, denn (*halblaut*) ich zittre noch mehr vor dir, nur als Tochter des alten Mannes, der mir das Leben gegeben hat, stehe ich hier!

LEONHARD. Und du willst?

KLARA. Du kannst fragen? Oh, dass ich wieder gehen dürfte! Mein Vater schneidet sich die Kehle ab, wenn ich – heirate mich!

LEONHARD. Dein Vater –

KLARA. Er hat's geschworen! Heirate mich!

LEONHARD. Hand und Hals sind nahe Vettern. Sie tun einander nichts zuleide! Mach dir keine Gedanken!

KLARA. Er hat's geschworen – heirate mich, nachher bring mich um, ich will dir für das eine noch dankbarer sein, wie für das andere!

LEONHARD. Liebst du mich? Kommst du, weil dich dein Herz treibt? Bin ich der Mensch, ohne den du nicht leben und sterben kannst?

KLARA. Antworte dir selbst!

LEONHARD. Kannst du schwören, dass du mich liebst? Dass du mich so liebst, wie ein Mädchen den Mann lieben muss, der sich auf ewig mit ihm verbinden soll?

KLARA. Nein, das kann ich nicht schwören! Aber dies kann ich schwören: ob ich dich liebe, ob ich dich nicht liebe, nie sollst du's erfahren! Ich will dir dienen, ich will für dich arbeiten, und zu essen sollst du mir nichts geben, ich will mich selbst ernähren, ich will bei Nachtzeit nähen und spinnen für andere Leute, ich will hungern, wenn ich nichts zu tun habe, ich will lieber in meinen eignen Arm hineinbeißen, als zu meinem Vater gehen, damit er nichts merkt. Wenn du mich schlägst, weil dein Hund nicht bei der Hand ist oder weil du ihn abgeschafft hast, so will ich eher meine Zunge verschlucken, als ein Geschrei ausstoßen, das den Nachbarn verraten könnte, was vorfällt. Ich kann nicht versprechen, dass meine Haut die Striemen deiner Geißel nicht zeigen soll, denn das hängt nicht von mir ab, aber ich will lügen, ich will sagen, dass ich mit dem Kopf gegen den Schrank gefahren oder dass ich auf dem Estrich, weil er zu glatt war, ausgeglitten bin, ich will's tun, bevor noch einer fragen kann, woher die blauen Flecken rühren. Heirate mich – ich lebe nicht lange. Und wenn's dir doch zu lange dauert, und du die Kosten der Scheidung nicht aufwenden magst, um von mir loszukommen, so kauf Gift aus der Apotheke und stell's hin, als ob's für Ratten wäre, ich will's, ohne dass du auch nur zu winken brauchst, nehmen und im Sterben zu den Nachbarn sagen, ich hätt's für zerstoßenen Zucker gehalten!

LEONHARD. Ein Mensch, von dem du dies alles erwartest, überrascht dich doch nicht, wenn er nein sagt?

KLARA. So schaue Gott mich nicht zu schrecklich an, wenn ich komme, ehe er mich gerufen hat! Wär's um mich allein – ich wollt's ja tragen, ich wollt's geduldig hinnehmen, als verdiente Strafe für, ich weiß nicht was, wenn die Welt mich in meinem Elend mit Füßen träte, statt mir beizustehen, ich wollte mein Kind, und wenn's auch die Züge dieses Menschen trüge, lieben, ach, und ich wollte vor der armen Unschuld so viel weinen, dass es, wenn's älter und klüger würde, seine Mutter gewiss nicht verachten, noch ihr fluchen sollte. Aber ich bin's nicht allein, und leichter find ich am Jüngsten Tag noch eine Antwort auf des Richters Frage: warum hast du dich selbst umgebracht? als auf die: warum hast du deinen Vater so weit getrieben?

LEONHARD. Du sprichst, als ob du die erste und letzte wärst! Tausende haben das vor dir durchgemacht, und sie ergaben sich darein, Tausende werden nach dir in den Fall kommen und sich in ihr Schicksal finden: sind die alle Nickel, dass du dich für dich allein in die Ecke stellen willst? Die hatten auch Väter, die ein Schock neue Flüche erfanden, als sie's zuerst hörten, und von Mord und Totschlag sprachen; nachher schämten sie sich, und taten Buße für ihre Schwüre und Gotteslästerungen, sie setzten sich hin und wiegten das Kind, oder wedelten ihm die Fliegen ab!

KLARA. Oh, ich glaub's gern, dass du nicht begreifst, wie irgendeiner in der Welt seinen Schwur halten sollte!

DRITTE SZENE

EIN KNABE (*tritt ein*). Da sind Blumen! Ich soll nicht sagen, wovon.

LEONHARD. Ei, die lieben Blumen! (*Schlägt sich vor die Stirn.*) Teufel! Teufel! Das ist dumm! Ich hätte welche schicken sollen! Wie hilft man sich da heraus? Auf solche Dinge versteh ich mich schlecht, und die Kleine nimmt's genau, sie hat an nichts anderes zu denken! (*Er nimmt die Blumen.*) Alle behalt ich sie aber nicht! (*Zu Klara.*) Nicht wahr, die da bedeuten Reue und Scham? Hast du mir das nicht einmal gesagt?

KLARA (*nickt*).

LEONHARD (*zum Knaben*). Merk dir's, Junge, die sind für mich, ich stecke sie an, siehst du, hier, wo das Herz ist! Diese, die dunkelroten, die wie ein düsteres Feuer brennen, trägst du zurück. Verstehst du? Wenn meine Äpfel reif sind, kannst du dich melden!

KNABE. Das ist noch lange hin! (*Ab.*)

VIERTE SZENE

LEONHARD. Ja, siehst du, Klara, du sprachst von Wort halten. Eben weil ich ein Mann von Wort bin, muss ich dir antworten, wie ich dir geantwortet habe. Dir schrieb ich vor acht Tagen ab, du kannst es nicht leugnen, der Brief liegt da. (*Er reicht ihr den Brief, sie nimmt ihn mechanisch.*) Ich hatte Grund, dein Bruder – du sagst, er ist freigesprochen, es freut mich! In diesen acht Tagen knüpfte ich ein neues Verhältnis an; ich hatte das Recht dazu, denn du hast nicht zur rechten Zeit gegen meinen Brief protestiert, ich war frei in meinem Gefühl, wie vor dem Gesetz. Jetzt kommst du, aber ich habe schon ein Wort gegeben und eins empfangen, ja – (*für sich*) ich wollt, es wär so – die andere ist schon mit dir in gleichem Fall, du dauerst mich (*er streicht ihr die Locken zurück, sie lässt es geschehen, als ob sie es gar nicht bemerkte*), aber du wirst einsehen – mit dem Bürgermeister ist nicht zu spaßen!

KLARA (*wie geistesabwesend*). Nicht zu spaßen!

LEONHARD. Siehst du, du wirst vernünftig! Und was deinen Vater betrifft, so kannst du ihm keck ins Gesicht sagen, dass er allein schuld ist! Starre mich nicht so an, schüttle nicht den Kopf, es ist so, Mädchen, es ist so! Sag's ihm nur, er wird's schon verstehen und in sich gehen, ich bürge dir dafür! (*Für sich.*) Wer die Aussteuer seiner Tochter wegschenkt, der muss sich nicht wundern, dass sie sitzen bleibt. Wenn ich daran denke, so steift sich mir ordentlich der Rücken, und ich könnte wünschen, der alte Kerl wäre hier, um eine Lektion in Empfang zu nehmen. Warum muss ich grausam sein? Nur weil er ein Tor war! Was auch daraus entsteht, er hat's zu verantworten, das ist klar! (*Zu Klara.*) Oder willst du, dass ich selbst mit ihm rede? Dir zuliebe will ich ein blaues Auge wagen und zu ihm gehen! Er kann grob gegen mich werden, er kann mir den Stiefelknecht an den Kopf werfen, aber er wird die Wahrheit, trotz des Bauchgrimmens, das sie ihm verursacht, hinunterknirschen und dich in Ruhe lassen müssen. Verlass dich darauf! Ist er zu Hause?

KLARA (*richtet sich hoch auf*). Ich danke dir! (*Will gehen.*)

LEONHARD. Soll ich dich hinüberbegleiten? Ich habe den Mut!

KLARA. Ich danke dir, wie ich einer Schlange danken würde, die mich umknotet hätte und mich von selbst wieder ließe und fortspränge, weil eine andere Beute sie lockte. Ich weiß, dass ich gebissen bin, ich weiß, dass sie mich nur lässt, weil es ihr nicht der Mühe wert scheint, mir das bisschen Mark aus den Gebeinen zu saugen, aber ich danke dir doch, denn nun hab ich einen ruhigen Tod. Ja, Mensch, es ist kein Hohn, ich danke dir, mir ist, als hätt ich durch deine Brust bis in den Abgrund der Hölle hinuntergesehen, und, was auch in der furchtbaren Ewigkeit mein Los sei, mit dir hab ich nichts mehr zu schaffen, und das ist ein Trost! Und wie der Unglückliche, den ein Wurm gestochen hat, nicht gescholten wird, wenn er sich in Schauder und Ekel die Adern öffnet, damit das vergiftete Leben schnell ausströmen kann, so wird die ewige Gnade sich vielleicht auch mein erbarmen, wenn sie dich ansieht, und mich, was du aus mir gemacht hast, denn warum könnt ich's tun, wenn ich's nimmer, nimmer tun dürfte? Nur eins noch: mein Vater weiß von nichts, er ahnt nichts, und damit er nie etwas erfährt, geh ich noch heute aus der Welt! Könnt ich denken, dass du – (*Sie tut wild einen Schritt auf ihn zu.*) Doch, das ist Torheit, dir kann's ja nur willkommen sein, wenn sie alle stehen und die Köpfe schütteln und sich umsonst fragen: warum das geschehen ist!

LEONHARD. Es kommen Fälle vor! Was soll man tun? Klara!

KLARA. Fort von hier! Der Mensch kann sprechen! (*Sie will gehen.*)

LEONHARD. Meinst du, dass ich's dir glaube?

KLARA. Nein!

LEONHARD. Du kannst gottlob nicht Selbstmörderin werden, ohne zugleich Kindsmörderin zu werden!

KLARA. Beides lieber, als Vatermörderin! Oh, ich weiß, dass man Sünde mit Sünde nicht büßt! Aber was ich jetzt tu, das kommt über mich allein! Geb ich meinem Vater das Messer in die Hand, so trifft's ihn wie mich! Mich trifft's immer! Dies gibt mir Mut und Kraft in all meiner Angst! Dir wird's wohl gehen auf Erden! (*Ab.*)

FÜNFTE SZENE

LEONHARD (*allein*). Ich muss! Ich muss sie heiraten! Und warum muss ich? Sie will einen verrückten Streich begehen, um ihren Vater von einem verrückten Streich abzuhalten; wo liegt die Notwendigkeit, dass ich den ihrigen durch einen noch verrückteren verhindern muss? Ich kann sie nicht zugeben, wenigstens nicht eher, als bis ich denjenigen vor mir sehe, der mir wieder durch den allerverrücktesten zuvorkommen will, und wenn der ebenso denkt wie ich, so gibt's kein Ende. Das klingt ganz gescheit, und doch – Ich muss ihr nach! Da kommt jemand! Gott sei Dank, nichts ist schmählicher, als sich mit seinen eigenen Gedanken abzanken zu müssen! Eine Rebellion im Kopf, wo man Wurm nach Wurm gebiert, und einer den andern frisst oder in den Schwanz beißt, ist die schlimmste von allen!

SECHSTE SZENE

SEKRETÄR (*tritt ein*). Guten Abend!

LEONHARD. Herr Sekretär? Was verschafft mir die Ehre –

SEKRETÄR. Du wirst es gleich sehen!

LEONHARD. Du? Wir sind freilich Schulkameraden gewesen!

SEKRETÄR. Und werden vielleicht auch Todeskameraden sein! (*Zieht Pistolen hervor.*) Verstehst du damit umzugehen?

LEONHARD. Ich begreife Sie nicht!

SEKRETÄR (*spannt eine Pistole*). Siehst du? So wird's gemacht. Dann zielst du auf mich, wie ich jetzt auf dich, und drückst ab! So!

LEONHARD. Was reden Sie?

SEKRETÄR. Einer von uns beiden muss sterben! Sterben! Und das sogleich!

LEONHARD. Sterben?

SEKRETÄR. Du weißt, warum!

LEONHARD. Bei Gott nicht!

SEKRETÄR. Tut nichts, es wird dir in der Todesstunde schon einfallen!

LEONHARD. Auch keine Ahnung –

SEKRETÄR. Besinne dich! Ich könnte dich sonst für einen tollen Hund halten, der mein Liebstes gebissen hat, ohne selbst etwas davon zu wissen, und dich niederschießen, wie einen solchen, da ich dich doch noch eine halbe Stunde lang für meinesgleichen gelten lassen muss!

LEONHARD. Sprechen Sie doch nicht so laut! Wenn Sie einer hörte –

SEKRETÄR. Könnte mich einer hören, du hättest ihn längst gerufen! Nun?

LEONHARD. Wenn's des Mädchens wegen ist, ich kann sie ja heiraten! Dazu war ich schon halb und halb entschlossen, als sie selbst hier war!

SEKRETÄR. Sie war hier, und sie ist wieder gegangen, ohne dich in Reue und Zerknirschung zu ihren Füßen gesehen zu haben? Komm! Komm!

LEONHARD. Ich bitte Sie – Sie sehen einen Menschen vor sich, der zu allem bereit ist, was Sie vorschreiben! Noch heut Abend verlobe ich mich mit ihr!

SEKRETÄR. Das tu ich, oder keiner. Und wenn die Welt daran hinge, nicht den Saum ihres Kleides sollst du wieder berühren! Komm! In den Wald mit mir! Aber wohlgemerkt, ich fass dich unter den Arm, und wenn du unterwegs nur einen Laut von dir gibst, so – (*er erhebt die Pistole*) du wirst mir's glauben! Ohnehin nehmen wir, damit du nicht in Versuchung kommst, den Weg hinten zum Hause hinaus durch die Gärten!

LEONHARD. Eine ist für mich – geben Sie mir die!

SEKRETÄR. Damit du sie wegwerfen und mich zwingen kannst, dich zu morden oder dich laufen zu lassen, nicht wahr? Geduld, bis wir am Platz sind, dann teil ich ehrlich mit dir!

LEONHARD (*geht und stößt aus Versehen sein Trinkglas vom Tisch*). Soll ich nicht wieder trinken?

SEKRETÄR. Courage, mein Junge, vielleicht geht's gut, Gott und Teufel scheinen sich ja beständig um die Welt zu schlagen, wer weiß denn, wer gerade Herr ist! (*Fasst ihn unter den Arm, beide ab.*)

SIEBENTE SZENE

Zimmer im Hause des Tischlers. Abend

KARL (*tritt ein*). Kein Mensch daheim! Wüsst ich das Rattenloch unter der Türschwelle nicht, wo sie den Schlüssel zu verbergen pflegen, wenn sie alle davongehen, ich hätte nicht hineinkönnen. Nun, das hätte nichts gemacht! Ich könnte jetzt zwanzigmal um die Stadt laufen und mir einbilden, es gäbe kein größeres Vergnügen auf der Welt, als die Beine zu brauchen. Wir wollen Licht anzünden! (*Er tut's.*) Das Feuerzeug ist noch auf dem alten Platz, ich wette, denn wir haben hier im Hause zweimal zehn Gebote. Der Hut gehört auf den dritten Nagel, nicht auf den vierten! Um halb zehn Uhr muss man müde sein! Vor Martini darf man nicht frieren, nach Martini nicht schwitzen! Das steht in einer Reihe mit: Du sollst Gott fürchten und lieben! Ich bin durstig! (*Ruft.*) Mutter! Pfui! Als ob ich's vergessen hätte, dass sie da liegt, wo auch des Bierwirts Knecht sein Nussknackermaul nicht mehr mit einem „Ja, Herr!" aufzureißen braucht, wenn er gerufen wird! Ich habe nicht geweint, als ich die Totenglocke in meinem finstern Turmloch hörte, aber – Rotrock, du hast mich auf der Kegelbahn nicht den letzten Wurf tun lassen, obgleich ich die Boßel schon in der Hand hielt, ich lasse dir nicht zum letzten Atemzug Zeit, wenn ich dich allein treffe, und das kann heut Abend noch geschehen, ich weiß, wo du um zehn zu finden bist. Nachher zu Schiff! Wo die Klara bleibt! Ich bin ebenso hungrig als durstig! Heut ist Donnerstag, sie haben Kalbfleischsuppe gegessen. Wär's Winter, so hätt's Kohl gegeben, vor Fastnacht weißen, nach Fastnacht grünen! Das steht so fest, als dass der Donnerstag wiederkehren muss, wenn der Mittwoch da gewesen ist, dass er nicht zum Freitag sagen kann: geh du für mich, ich habe wunde Füße!

ACHTE SZENE

KLARA (*tritt ein*).

KARL. Endlich! Du solltest auch nur nicht so viel küssen! Wo sich vier rote Lippen zusammenbacken, da ist dem Teufel eine Brücke gebaut! Was hast du da?

KLARA. Wo? Was?

KARL. Wo? Was? In der Hand!

KLARA. Nichts!

KARL. Nichts? Sind das Geheimnisse? (*Er entreißt ihr Leonhards Brief.*) Her damit! Wenn der Vater nicht da ist, so ist der Bruder Vormund!

KLARA. Den Fetzen hab ich festgehalten, und doch geht der Abendwind so stark, dass er die Ziegel von den Dächern wirft! Als ich an der Kirche vorbeiging, fiel einer dicht vor mir nieder, sodass ich mir den Fuß daran zerstieß. O Gott, dacht' ich, noch einen! und stand still! Das wäre so schön gewesen, man hätte mich begraben und gesagt: sie hat ein Unglück gehabt! Ich hoffte umsonst auf den zweiten!

KARL (*der den Brief gelesen hat*). Donner und – Kerl, den Arm, der das schrieb, schlag ich dir lahm! Hol mir eine Flasche Wein! Oder ist deine Sparbüchse leer?

KLARA. Es ist noch eine im Hause. Ich hatte sie heimlich für den Geburtstag der Mutter gekauft und beiseite gestellt. Morgen wäre der Tag – (*Sie wendet sich.*)

KARL. Gib sie her!

KLARA (*bringt den Wein*).

KARL (*trinkt hastig*). Nun könnten wir denn wieder anfangen. Hobeln, Sägen, Hämmern, dazwischen Essen, Trinken und Schlafen, damit wir immerfort hobeln, sägen und hämmern können. Sonntags ein Kniefall obendrein: ich danke dir, Herr, dass ich hobeln, sägen und hämmern darf! (*Trinkt.*) Es lebe jeder brave Hund, der an der Kette nicht um sich beißt! (*Er trinkt wieder.*) Und noch einmal: er lebe!

KLARA. Karl, trink nicht so viel! Der Vater sagt, im Wein sitzt der Teufel!

KARL. Und der Priester sagt, im Wein sitzt der liebe Gott. (*Er trinkt.*) Wir wollen sehen, wer Recht hat! Der Gerichtsdiener ist hier im Hause gewesen – wie betrug er sich?

KLARA. Wie in einer Diebsherberge. Die Mutter fiel um und war tot, sobald er nur den Mund aufgetan hatte!

KARL. Gut! Wenn du morgen früh hörst, dass der Kerl erschlagen gefunden worden ist, so fluche nicht auf den Mörder!

KLARA. Karl, du wirst doch nicht –

KARL. Bin ich sein einziger Feind? Hat man ihn nicht schon oft angefallen? Es dürfte schwer halten, aus so vielen, denen das Stück zuzutrauen wäre, den Rechten herauszufinden, wenn dieser nur nicht Stock oder Hut auf dem Platz zurücklässt. (*Er trinkt.*) Wer es auch sei: auf gutes Gelingen!

KLARA. Bruder, du redest –

KARL. Gefällt's dir nicht? Lass gut sein! Du wirst mich nicht lange mehr sehen!

KLARA (*zusammenschaudernd*). Nein!

KARL. Nein? Weißt du's schon, dass ich zur See will? Kriechen mir die Gedanken auf der Stirn herum, dass du sie lesen kannst? Oder hat der Alte nach seiner Art gewütet und gedroht, mir das Haus zu verschließen? Pah! Das wär nicht viel anders, als wenn der Gefängnisknecht mir zugeschworen hätte: du sollst nicht länger im Gefängnis sitzen, ich stoße dich hinaus ins Freie!

KLARA. Du verstehst mich nicht.

KARL (*singt*). Dort bläht ein Schiff die Segel,
Frisch saust hinein der Wind!

Ja, wahrhaftig, jetzt hält mich nichts mehr an der Hobelbank fest! Die Mutter ist tot, es gibt keine mehr, die nach jedem Sturm aufhören würde, Fische zu essen, und von Jugend auf war's mein Wunsch. Hinaus! Hier gedeih ich nicht, oder erst dann, wenn ich's gewiss weiß, dass das Glück dem Mutigen, der sein Leben aufs Spiel setzt, der ihm den Kupferdreier, den er aus dem großen Schatz empfangen hat, wieder hinwirft, um zu sehen, ob es ihn einsteckt, oder ihn vergoldet zurückgibt, nicht mehr günstig ist.

KLARA. Und du willst den Vater allein lassen? Er ist sechzig Jahr!

KARL. Allein? Bleibst du ihm nicht?

KLARA. Ich?

KARL. Du! Sein Schoßkind! Was wächst dir für Unkraut im Kopf, dass du fragst! Seine Freude lass ich ihm, und von seinem ewigen Verdruss wird er befreit, wenn ich gehe, warum sollt ich's denn nicht tun? Wir passen ein für allemal nicht zusammen, er kann's nicht eng genug um sich haben, er möchte seine Faust zumachen und hineinkriechen, ich möchte meine Haut abstreifen, wie den Kleinkinderrock, wenn's nur ginge!

(*Singt.*) Der Anker wird gelichtet,
Das Steuer flugs gerichtet,
Nun fliegt's hinaus geschwind!

Sag selbst, hat er auch nur einen Augenblick an meiner Schuld gezweifelt? Und hat er in seinem überklugen: Das hab ich erwartet! Das hab ich immer gedacht! Das konnte nicht anders enden! nicht den gewöhnlichen Trost gefunden? Wärst du's gewesen, er hätte sich umgebracht! Ich möcht ihn sehen, wenn du ein Weiberschicksal hättest! Es würde ihm sein, als ob er selbst in die Wochen kommen sollte! Und mit dem Teufel dazu!

KLARA. Oh, wie das an mein Herz greift! Ja, ich muss fort, fort!

KARL. Was soll das heißen?

KLARA. Ich muss in die Küche – was wohl sonst? (*Fasst sich an die Stirn.*) Ja! Das noch! Darum allein ging ich ja noch wieder nach Hause! (*Ab.*)

KARL. Die kommt mir ganz sonderbar vor!

(*Singt.*) Ein kühner Wasservogel
Kreist grüßend um den Mast!

KLARA (*tritt wieder ein*). Das Letzte ist getan, des Vaters Abendtrank steht am Feuer. Als ich die Küchentür hinter mir anzog, und ich dachte: du trittst nun nie wieder hinein! ging mir ein Schauer durch die Seele. So werd ich auch aus dieser Stube gehen, so aus dem Hause, so aus der Welt!

KARL (*singt, er geht immer auf und ab, Klara hält sich im Hintergrund*).

Die Sonne brennt herunter,
Manch Fischlein, blank und munter,
Umgaukelt keck den Gast!

KLARA. Warum tu ich's denn nicht? Werd ich's nimmer tun? Werd ich's von Tag zu Tag aufschieben, wie jetzt von Minute zu Minute, bis — Gewiss! Darum fort! – Fort! Und doch bleib ich stehen! Ist's mir nicht, als ob's in meinem Schoß bittend Hände aufhöbe, als ob Augen – (*Sie setzt sich auf einen Stuhl.*) Was soll das? Bist du zu schwach dazu? So frag dich, ob du stark genug bist, deinen Vater mit abgeschnittener Kehle – (*Sie steht auf.*) Nein! Nein! – Vater unser, der du bist im Himmel – Geheiliget werde dein Reich – Gott, Gott, mein armer Kopf – ich kann nicht einmal beten – Bruder! Bruder! – Hilf mir –

KARL. Was hast du?

KLARA. Das Vaterunser! (*Sie besinnt sich.*) Mir war, als ob ich schon im Wasser läge und untersänke, und hätte noch nicht gebetet! Ich – (*Plötzlich.*) Vergib uns unsere Schuld, wie wir vergeben unsern Schuldigern! Da ist's! Ja! Ja! ich vergeb ihm gewiss, ich denke ja nicht mehr an ihn! Gute Nacht, Karl!

KARL. Willst du schon so früh schlafen gehen? Gute Nacht!

KLARA (*wie ein Kind, das sich das Vaterunser überhört*). Vergib uns –

KARL. Ein Glas Wasser könntest du mir noch bringen, aber es muss recht frisch sein!

KLARA (*schnell*). Ich will es dir vom Brunnen holen!

KARL. Nun, wenn du willst, es ist ja nicht weit!

KLARA. Dank! Dank! Das war das Letzte, was mich noch drückte! Die Tat selbst musste mich verraten! Nun werden sie doch sagen: sie hat ein Unglück gehabt! Sie ist hineingestürzt!

KARL. Nimm dich aber in Acht, das Brett ist wohl noch immer nicht wieder angenagelt!

KLARA. Es ist ja Mondschein! – O Gott, ich komme nur, weil sonst mein Vater käme! Vergib mir, wie ich – Sei mir gnädig – gnädig – (*Ab.*)

NEUNTE SZENE

KARL (*singt*). Wär gern hineingesprungen,
Da draußen ist mein Reich!

Ja! aber vorher – (*Er sieht nach der Uhr.*) Wie viel ist's? Neun!
Ich bin ja jung von Jahren,
Da ist's mir nur ums Fahren,
Wohin? Das gilt mir gleich!

ZEHNTE SZENE

MEISTER ANTON (*tritt ein*). Dir hätt ich etwas abzubitten, aber wenn ich's dir verzeihe, dass du heimlich Schulden gemacht hast, und sie noch obendrein für dich bezahle, so werd ich's mir ersparen dürfen!

KARL. Das eine ist gut, das andere ist nicht nötig, wenn ich meine Sonntagskleider verkaufe, kann ich die Leute, die ein paar Taler von mir zu fordern haben, selbst befriedigen, und das werd ich gleich morgen tun, als Matrose, (*für sich*) da ist's heraus! (*laut*) brauch ich sie nicht mehr!

MEISTER ANTON. Was sind das wieder für Reden?

KARL. Er hört sie nicht zum ersten Mal, aber Er mag mir heute darauf antworten, was Er will, mein Entschluss steht fest!

MEISTER ANTON. Mündig bist du, es ist wahr!

KARL. Eben weil ich's bin, trotz ich nicht darauf. Aber ich denke, Fisch und Vogel sollten nicht darüber streiten, ob's in der Luft oder im Wasser am besten ist. Nur eins. Er sieht mich entweder nie wieder, oder Er wird mich auf die Schulter klopfen und sagen: du hast recht getan!

MEISTER ANTON. Wir wollen's abwarten. Ich brauche den Gesellen, den ich für dich eingestellt habe, nicht wieder abzulohnen, was ist's denn weiter?

KARL. Ich dank Ihm!

MEISTER ANTON. Sag mir, hat der Gerichtsdiener, statt dich auf dem kürzesten Weg zum Bürgermeister zu führen, dich wirklich durch die ganze Stadt –

KARL. Straßauf, straßab, über den Markt, wie den Fastnachtsochsen, aber zweifle Er nicht, auch den werd ich bezahlen, eh ich gehe.

MEISTER ANTON. Das tadle ich nicht, aber ich verbiet es dir!

KARL. Ho!

MEISTER ANTON. Ich werde dich nicht aus den Augen lassen, und ich selbst, ich würde dem Kerl beispringen, wenn du dich an ihm vergreifen wolltest!

KARL. Ich meinte, Er hätte die Mutter auch lieb gehabt!
MEISTER ANTON. Ich werd's beweisen.

ELFTE SZENE

DER SEKRETÄR (*tritt bleich und wankend herein, er drückt ein Tuch gegen die Brust*). Wo ist Klara? (*Er fällt auf einen Stuhl zurück*). Jesus! Guten Abend! Gott sei Dank, dass ich noch herkam! Wo ist sie?

KARL. Sie ging zum – Wo bleibt sie? Ihre Reden – mir wird angst! (*Ab.*)

SEKRETÄR. Sie ist gerächt – der Bube liegt – Aber auch ich bin – Warum das, Gott? – Nun kann ich sie ja nicht –

MEISTER ANTON. Was hat Er? Was ist mit Ihm?

SEKRETÄR. Es ist gleich aus! Geb Er mir die Hand darauf, dass Er Seine Tochter nicht verstoßen will – Hört Er, nicht verstoßen, wenn sie –

MEISTER ANTON. Das ist eine wunderliche Rede. Warum sollt' ich sie denn – Ha, mir gehen die Augen auf! Hätt ich ihr nicht Unrecht getan?

SEKRETÄR. Geb er mir die Hand!

MEISTER ANTON. Nein! (*Steckt beide Hände in die Tasche.*) Aber ich werde ihr Platz machen, und sie weiß das, ich hab's ihr gesagt!

SEKRETÄR (*entsetzt*). Er hat ihr – Unglückliche, jetzt erst versteh ich dich ganz!

KARL (*stürzt hastig herein*). Vater, Vater, es liegt jemand im Brunnen! Wenn's nur nicht –

MEISTER ANTON. Die große Leiter her! Haken! Stricke! Was säumst du? Schnell! Und ob's der Gerichtsdiener wäre!

KARL. Alles ist schon da. Die Nachbarn kamen vor mir. Wenn's nur nicht Klara ist!

MEISTER ANTON. Klara? (*Er hält sich an einem Tisch.*)

KARL. Sie ging, um Wasser zu schöpfen, und man fand ihr Tuch.

SEKRETÄR. Bube, nun weiß ich, warum deine Kugel traf. Sie ist's.

MEISTER ANTON. Sieh doch zu! (*Setzt sich nieder.*) Ich kann nicht. (*Karl ab.*) Und doch! (*Steht wieder auf.*) Wenn ich Ihn (*zum Sekretär*) recht verstanden habe, so ist alles gut.

KARL (*kommt zurück*). Klara! Tot! Der Kopf grässlich am Brunnenrand zerschmettert, als sie – Vater, sie ist nicht hineingestürzt, sie ist hineingesprungen, eine Magd hat's gesehen!

MEISTER ANTON. Die soll sich's überlegen, eh sie spricht! Es ist nicht hell genug, dass sie das mit Bestimmtheit hat unterscheiden können!

SEKRETÄR. Zweifelt Er? Er möchte wohl, aber Er kann nicht! Denk Er nur an das, was Er ihr gesagt hat! Er hat sie auf den Weg des Todes hinausgewiesen, ich, ich bin schuld, dass sie nicht wieder umgekehrt ist. Er dachte, als Er ihren Jammer ahnte, an die Zungen, die hinter Ihm herzischeln würden, aber nicht an die Nichtswürdigkeit der Schlangen, denen sie angehören, da sprach Er ein Wort aus, das sie zur Verzweiflung trieb; ich, statt sie, als ihr Herz in namenloser Angst vor mir aufsprang, in meine Arme zu schließen, dachte an den Buben, der dazu ein Gesicht ziehen könnte, und – nun, ich bezahl's mit dem Leben, dass ich mich von einem, der schlechter war als ich, so abhängig machte, und auch Er, so eisern Er dasteht, auch Er wird noch einmal sprechen: Tochter, ich wollte doch, du hättest mir das Kopfschütteln und Achselzucken der Pharisäer um mich her nicht erspart, es beugt mich doch tiefer, dass du nicht an meinem Sterbebett sitzen und mir den Angstschweiß abtrocknen kannst!

MEISTER ANTON. Sie hat mir nichts erspart – man hat's gesehen!

SEKRETÄR. Sie hat getan, was sie konnte – Er war's nicht wert, dass ihre Tat gelang!

MEISTER ANTON. Oder sie nicht!

(*Tumult draußen.*)

KARL. Sie kommen mit ihr – (*Will ab.*)

MEISTER ANTON (*fest, wie bis zu Ende, ruft ihm nach*). In die Hinterstube, wo die Mutter stand!

SEKRETÄR. Ihr entgegen! (*Will aufstehen, fällt aber zurück.*) Oh, Karl!

KARL (*hilft ihm auf und führt ihn ab*).

MEISTER ANTON. Ich verstehe die Welt nicht mehr!

(*Er bleibt sinnend stehen.*)

DER DRAMATIKER FRIEDRICH HEBBEL

Hebbel wurde am 18. 3. 1813 in Wesselburen / Dithmarschen als Sohn eines Maurers geboren, der „mit eisernen Fesseln an die bare Not gefesselt war“, der so arm war, dass der Sohn später die bitteren Worte über seinen Vater schrieb: „Mein Vater war ein herzensguter Mann, aber die Armut hatte die Stelle seiner Seele eingenommen.“ Über seiner Kindheit leuchtete also kein freundlicher Stern, worunter er zeitlebens gelitten hat. Die Mutter begnügte sich bei den Mahlzeiten oft mit dem Zusehen, damit die Kinder nicht Hunger litten: „Sie war eine gute Frau, deren Gutes und minder Gutes mir in meine eigene Natur versponnen scheint: mit ihr habe ich meinen Jähzorn, mein Aufbrausen gemeinsam, und nicht weniger die Fähigkeit, schnell und ohne weiteres alles, es sei groß oder klein, wieder zu vergeben und zu vergessen“ (Tagebuch).

Mit vier Jahren kam er in die Klippschule, dann in die Elementarschule, ohne dass seine geistigen Interessen hier Genüge zu finden vermochten. Als er kaum der Schule entwachsen war, nahm ihn der Vater als Handlanger mit auf den Bau, und erst der frühe Tod des Vaters bewahrte den Jungen davor, Maurer zu werden. So wurde er Schreiber beim Kirchspielvogt Mohr – eine Stellung, in der er es ohne Befriedigung acht Jahre lang aushielt. Er las viel, dichtete sogar schon, fühlte aber überall die Fesseln, die ihn schwer bedrückten: „Ich fühle grässlich, dass ich hier, wenn nicht am Leib, so doch an der Seele zur Mumie eintrocknen muss“ und: „Meine Seele verliert die Spannkraft, nur noch ein Jahr, und meine Kraft ist gebrochen“ waren zwei Notschreie an Uhland und an einen Freund, die aber ungehört verhallten. Da kam die Rettung: Amalie Schoppe in Hamburg hatte in ihren „Modeblättern“ schon einige Gedichte von ihm gedruckt. Sein Schicksal dauerte sie, sie lud ihn nach Hamburg ein, gewann ihm Gönner, die ihm die Vorbereitung „auf einen gelehrten Beruf“ ermöglichen wollten. 1835 traf er in Hamburg ein, aber bald unzufrieden über die Gängelei durch Amalie Schoppe schloss er sich eng an die um neun Jahre ältere Elise Lensing an, deren Liebe ihm alles opferte. Er nahm alles und wusste doch, dass es von seiner Seite aus keine echte Liebe war.

Nach schweren Zeiten ging er 1836 nach Heidelberg und entschloss sich dort zu dem Beruf eines freien Schriftstellers – und damit zu einer langen Reihe martervoller Jahre des Entbehrens und der äußersten Not. Dann lockte ihn München, wo er fast drei Jahre blieb, ein Künstler im Hungern, Darben, Verzichten. Er schrieb Gedichte und seine ersten Erzählungen, ohne einen Verleger dafür zu finden. Elise unterstützte ihn nach Kräften, aber auch ihre Fürsorge konnte die Armut nicht bannen. 1839 kehrte er zu Fuß nach Hamburg zurück, wo er vollkommen abgerissen und ausgehungert ankam. Die Folge war eine lebensgefährliche Erkrankung, und nur der unermüdlichen Pflege Elises ist es zu danken, dass er sich erholte. So stellte er 1840 sein erstes Drama „Judith“ fertig, das auch bald in Berlin uraufgeführt wurde.

1842 erschien sein erster Gedichtband. Im Jahre vorher waren das Drama „Genoveva“ und das Lustspiel „Der Diamant“ entstanden. Jetzt kannte er seine Bestimmung. 1842 reiste er nach Kopenhagen, um von seinem Landesherrn – Dithmarschen war damals noch dänisch – ein Stipendium zu erbitten. Für zwei Jahre erhielt er zu seiner unbeschreiblichen Freude je 600 Taler. Damit begab er sich nach Paris, wo sein Drama „Maria Magdalena" entstand. Obwohl dieses Jahr auch keinen Höhepunkt in seinem Leben bedeutete, behielt er es doch in guter Erinnerung, und erwartungsvoll begab er sich 1844 nach Italien und Rom. Seine Freude an der südlichen Landschaft aber war stets überschattet von seinen finanziellen Sorgen, und dann musste er an die Heimkehr denken, da sein Stipendium abgelaufen war. Es waren für ihn wichtige, aber von innerer und äußerer Not stark verdüsterte Lebensabschnitte.

Als er über Wien kam, fand er unerwartet herzliche Aufnahme, Anerkennung als großer Dichter und großzügige Gönner. Hier lernte er die Burgschauspielerin Christine Enghaus kennen und lieben, die schon häufig seine Gestalten verkörpert hatte. Auch aus ihrer Bewunderung wurde Liebe, und 1846 wurden beide ein Paar. Zum ersten Mal in seinem Leben fühlte sich Hebbel in sicheren Verhältnissen geborgen – nicht ohne Schuld gegenüber Elise. Trotz allem begann nun für ihn eine Zeit frohen Schaffens und Lebens. Jetzt entstanden seine bedeutendsten Werke; 1847 „Ein Trauerspiel in Sizilien" und „Julia", 1848 „Herodes und Marianne", 1849 das Märchenlustspiel „Der Rubin", 1851 die „Agnes Bernauer" (Hamburger Leseheft Nr. 49), 1854 „Gyges und sein Ring" (Hamburger Leseheft Nr. 157), 1860 die Trilogie „Die Nibelungen" und im Jahre vorher die Verserzählung „Mutter und Kind". Außerdem schrieb er eifrig Artikel und Kritiken für große Zeitungen, begleitete seine Frau auf ihren Gastspielreisen, sodass die letzten anderthalb Jahrzehnte seines Lebens endlich in Ruhe und Geborgenheit vorübergingen, bereichert durch äußere Ehrungen. Seine Gesundheit aber war durch die entbehrungsreichen Jugendjahre stark belastet. So musste er schon mit 50 Jahren am 13. 12. 1863 sterben. Der Tod ereilte ihn bei der Arbeit am fünften Akt seines „Demetrius"-Dramas. Christine hat ihn bis zum Jahre 1910 überlebt.

Hebbel gilt als einer der größten Dramatiker des 19. Jahrhunderts, vor allem als der große Tragiker, und die Tragik seiner Menschen entspringt nicht durch deren eigene Schuld, sondern durch ihr bloßes Da-Sein. Die „Schuld" der Agnes Bernauer ist ihre Schönheit; durch sie gefährdet sie die Ordnung der Welt und muss deshalb untergehen. Jeder Mensch steht so im Kampf mit der allgemeinen Weltordnung: „Alles Leben ist Kampf des Individuums mit dem Universum." Das ist die Grundidee von Hebbels Weltanschauung, geboren aus seinem eigenen Schicksal, denn sein ganzes Leben war ein beständiger Kampf: im Elternhause, in seinen Jugendjahren gegenüber der Umwelt, im Hause seines Lehrherrn Mohr, in Hamburg, Heidelberg und München, gegen die Liebe Elises, der gegenüber er nur Dankbarkeit, aber keine echte Liebe empfand, Kampf gegen die unaufhörlichen Widrigkeiten seines Lebens, gegen die dunklen Wolken seines glücklosen Schicksals. „Die Atmosphäre um Hebbel ist beständig mit Explosivstoff geladen, sein Leben ist eine unaufhörliche Krise" (Ermatinger). Ist es da verwunderlich, wenn die Erkenntnis darüber zum beherrschenden Motiv seines Denkens, zum Mittelpunkt seiner Weltsicht wurde? So ist Kampf auch das Schicksal seiner Menschen in den Dramen dieses Dichters. Und „am heftigsten tobt er dort, wo die Menschen eines Zeitalters in ihren überkommenen Anschauungen sich gegen das Neue auflehnen, dessen Zeichen sie – tragisches Versagen des Menschengeistes! – nicht zu deuten vermögen“ (Karell-Keh). Das ist ein durchaus pessimistischer Grundzug in Hebbels Weltanschauung und in seiner Dichtung, aber trotz allem Pessimismus gelangte der Dichter nicht zur Weltverneinung. Er lässt vielmehr die Hoffnung offen, dass in „einer höheren Sphäre“ eine ausgleichende Gerechtigkeit waltet.

So kreisen Hebbels Dramen meist um das Spannungsverhältnis zwischen Einzelmensch und Gesamtheit, zwischen Mann und Weib, zwischen versinkender und heraufsteigender Zeit. Die Aufgabe des Dichters sah er darin, „das Rätsel des Lebens zu erklären“, des Menschen Erdendasein richtig aufzufassen und zu deuten. Die Liebe ist für ihn die letzte und innerste Notwendigkeit, die die Welt zusammenhält – die Liebe, die er selbst an sich durch Elise in so reichem Maße erfahren hatte, denn sie war nach eigener Einsicht und eigenem Ausspruch Hebbels wahrhaft „ein Brunnen unerschöpflicher Liebe“, den er selbst nie ausschöpfen konnte und ausgeschöpft hat. „Man kann nicht ohne Schmerz an das Unrecht denken, das Hebbel Elise Lensing angetan hat. Aber wenn er in seinen tiefsten Dichtungen die Handlung aus dem Kampf der Geschlechter hervorwachsen lässt und den Mann als den ewig Schaffend-Störenden, die Frau als die Ruhe und Harmonie darstellt, so hat er, was er menschlich verschuldet, als Dichter in das Reich ewiger Werte gehoben und damit verklärt“ (Ermatinger).

Hebbel ist in erster Linie Dramatiker. Das ist unbestritten der Schwerpunkt seines Könnens. Schwächer ist er als Erzähler, zudem ist seine Prosa gering. Am bekanntesten ist neben den künstlerisch sehr geschlossenen Erzählungen „Matteo“, „Anna“ und „Die Kuh“ seine Erzählung „Eine Nacht im Jägerhause“, die ein ähnliches Geschehen aufweist wie Hauffs „Das Wirtshaus im Spessart“ (Hamburger Leseheft Nr. 102).

Bedeutender ist seine Lyrik – karg, verhalten, grüblerisch, von dunklen Stimmungen überschattet, oft infolge ihrer Sprödigkeit in den Ausdrucksformen nicht genügend gewürdigt. Es ist eine tiefe Gedankenlyrik, und es trifft zu, was Paul Heyse über seine Gedichte sagt: „Es ist nicht zufällig, dass das gesellige Lied fast gänzlich fehlt und das Gefühl der Einsamkeit sich vielfach Luft macht. Der Weg vom Herzen auf die Lippen geht bei Hebbel regelmäßig durch den Verstand …“ Seine Balladen aber wirken wie dramatische Szenen, und sie sollten auch nach eigener Ansicht „immer von dem geheimnisvollen Hauch erfüllt sein, der die echte Tragödie durchweht“. Umfassend ist das Urteil von Franz Koch über seine Lyrik, der ihre Stärke sieht in „ihrem männlich herben Wesen, der Tiefe ihres Gehaltes, der Feinheit und Zartheit des Gefühls, der Keuschheit des Empfindens, dem sich auch die weichen und schwebenden Klänge und Klangmischungen nicht versagen“.

HEBBELS „MARIA MAGDALENA“

Nur einmal hat Hebbel ein Gegenwartsdrama geschrieben, eben dieses bürgerliche Trauerspiel „Maria Magdalena“, das ursprünglich „Klara“ hieß und 1844 mit einem Vorwort und einem Widmungsgedicht an König Christian VIII. von Dänemark im Druck erschien. Über die Fabel dieses Stückes schrieb Hebbel selbst am 23. 2. 1863: „Der Maria Magdalena ... liegt ein Vorfall zu Grunde, den ich in München selbst erlebte, als ich bei einem Tischlermeister, der mit Vornamen sogar Anton hieß, wohnte. Ich sah, wie das ganze ehrbare Bürgerhaus sich verfinsterte, als die Gendarmen den leichtsinnigen Sohn abführten, es erschütterte mich tief, als ich die Tochter, die mich bediente, ordentlich wieder aufatmen sah, wie ich mit ihr im alten Ton scherzte und Possen trieb.“

Dieses Werk war für die damalige Zeit etwas ganz Neues, und das Neue bestand darin, „dass das Tragische nicht aus dem Zusammenstoß der bürgerlichen Welt mit der vornehmen ... abgeleitet ist, sondern einfach aus der bürgerlichen Welt selbst, aus ihrem zähen und in sich selbst begründeten Verharren auf den patriarchalischen Anschauungen und ihrer Unfähigkeit, sich in verwickelten Lagen zu helfen“. Darin lag der große Unterschied zum älteren bürgerlichen Drama, etwa zu Schillers „Kabale und Liebe“ (Hamburger Leseheft Nr. 61). Bewusst hat Hebbel hier auf den Gegensatz von hoch und niedrig, reich und arm, adlig und bürgerlich verzichtet und nur kleinbürgerliche Lebenskreise dargestellt. Seine Absicht dabei war, „das bürgerliche Trauerspiel zu regenerieren und zu zeigen, dass auch im einschränkendsten Kreis eine zerschmetternde Tragik möglich ist, wenn man sie nur aus den rechten Elementen, aus den diesen Kreisen selbst angehörenden, abzuleiten versteht“ (Tagebuch). Und er verstand es, sie abzuleiten, und aus Eindrücken seiner Jugendzeit und seines Elternhauses, aus tatsächlichen Ereignissen in München und nicht zuletzt aus eigenem Schuldgefühl wob er dieses dunkle Bild, das in München geplant, in Kopenhagen begonnen und in Paris beendet wurde.

Obgleich er selbst annahm, dass dies sein bisher bestes Stück sei, konnte er es zunächst bei keiner Bühne unterbringen, da man eine „Auflösung der Gesellschaft“ dadurch befürchtete, da man den „unsittlichen Inhalt“ ablehnte. Erst 1846 konnte die Uraufführung in Leipzig stattfinden, nach anderer Darstellung in Königsberg 1847, nachdem seine vielen Bemühungen um Berlin vergeblich waren. Als es erst nach der Revolution 1848 am Wiener Burgtheater gespielt wurde, verkörperte Hebbels Gattin die Klara. Der Name des Dramas deutet nur auf den Sinn dieses Stückes hin, denn keine Person dieses Trauerspiels heißt so nach der biblischen Büßerin. Er ist symbolisch gemeint. Wir schließen uns der Meinung an: „Hebbel wählte offenbar diesen biblischen Namen, um anzudeuten, dass Klara – wie das ja seine Ansicht war – keine sittliche Schuld auf sich geladen hat, um die tiefe Bedeutung des Missverhältnisses zwischen ihrer Schuldlosigkeit und dem harten Urteil der Welt allgemein kenntlich zu machen. Da er ihren Fall aus der Gebundenheit des Kreises ableitete, so traf er mit diesem Nebentitel indirekt auch das Hauptproblem des Stückes ...“ (P. Zincke). Es ist die düstere Tragik des Tischlermeisters Anton und seiner Tochter Klara, ein Gegenwartsstück, in dem die kleinbürgerliche Enge der Lebensanschauung die Menschen in Schuld und Untergang treibt. Aus Selbstgerechtigkeit und Sittenstarrheit erwächst hier alles trübe Geschehen, an der starren Rechtlichkeit ihrer nächsten Menschen geht die Heldin zugrunde, deren Schuld nicht geleugnet, aber erklärt und auf ein Mindestmaß herabgemildert wird.

Der Aufbau der Handlung ist meisterhaft: von der Verhaftung des Sohnes über den Tod der Mutter, den Fehltritt der Tochter, der Lösung der Verlobung, der Wiederbegegnung mit dem Jugendfreund und seinem „Darüber kann kein Mann hinweg!“, über die Entwürdigung Klaras, ihre Zurückweisung und ihren Freitod bis hin zu dem letzten Wort des Tischlers: „Ich verstehe die Welt nicht mehr!“ liegt nicht nur Folgerichtigkeit und Spannung, sondern auch ein gerüttelt Maß verschiedener menschlicher Schuld und jener echte tragische Hauch, der die wahre Tragödie kennzeichnet.

Alles steht unter der Angst vor dem Gerede der Leute. Daraus erklären sich auch die Charaktere. Die Heldin geht zugrunde an der Enge des bürgerlichen Lebens, an der Gebundenheit der sittlichen Anschauungen. Stärker als der Einzelwille ist die Macht hergebrachter Konvention, die wie ein düsteres Schicksal waltet und vernichtet. Das ist nicht zuletzt der Grund, dass sich die Personen dieses Spiels ohne die Möglichkeit der Verständigung gegenüberstehen, weil sie den übernommenen starren Formen nicht zu entrinnen vermögen. Alle Gestalten leben unter dem Zwang der gleichen Verhältnisse, in der sklavischen Abhängigkeit von Vorurteilen und Rücksichten. Ein starrer Ehrbegriff vernichtet sie alle, die sich in absoluter Isolierung gegenüberstehen, jeder für sich befangen in seinen kleinbürgerlichen Vorstellungen: keiner schuldig, weil die Tragik ohne seinen Willen unaufhaltsam an Unabwendbarkeit gewinnt – alle schuldig, weil jeder Einzelne aus seiner Sicht einen Baustein dazu beiträgt.

Meister Anton ist der „Prototyp starrsinniger Rechtlichkeit und kleinbürgerlicher Ehrsamkeit“ (Koch) – ehrbar, gewissenhaft, streng rechtlich. Zu rechtlich. Er zeigt sich herzloser als er ist. „Seine stolze, verletzte Seele lebt in ständiger Angst, sich etwas zu vergeben ... Diese zähe Selbstbehauptung wurzelt in dem Bewusstsein seiner unantastbaren Rechtlichkeit, in der sich die beschränkte Moralität des unfreien, in seinem Kreis festgerannten Individuums in starrer Einseitigkeit konzentriert. Von jenem höheren sittlichen Bewusstsein, das sich im Gefühl der eigenen Würdigkeit stolz über die Meinung der Menge erhebt und das Maß der Ehre aus sich selbst nimmt, hat Meister Anton keinen Funken. Was er Ehre nennt, beruht letzten Endes auf der Wahrung des äußeren Scheins, auf der Rettung des guten Leumunds bei den Leuten – das ist der Nerv, der ihn zusammenhält“ (H. Sievers). Er leidet an der Menschenfurcht und treibt damit sein Kind in den Tod. Bei aller Starrheit, Unbelehrbarkeit und seiner selbstgerechten Moral geht es ihm nicht um die Anständigkeit an sich, sondern um den entstehenden Klatsch. Anständigkeit und sauberes Leben sind bei ihm nicht das Ergebnis wirklicher sittlicher Überzeugung, sondern äußere Fassade aus Furcht vor der Meinung der anderen. Vernichtet, aber keineswegs geläutert, bleibt er allein in seiner verstockten Selbstgerechtigkeit zurück, zerfallen mit sich und allem: „Ich verstehe die Welt nicht mehr!“ Er wird sie auch in Zukunft nicht verstehen.

Am ergreifendsten spiegelt sich die „schreckliche Gebundenheit des Lebens in der Einseitigkeit“ (Tagebuch) in der Gestalt der Klara, die in jeder Hinsicht nur Opfer ist. Eingangs steht ihre Verführung – nicht von Leidenschaft und Gefühl diktiert, sondern von völlig falsch verstandener Forderung. In einer Art von Pflichtbewusstsein gab sie sich ihrem Verlobten, denn „Du standest vor mir, wie einer, der eine Schuld fordert!“ Auch sie zeigt nur namenlose Angst vor dem Gerede der Leute, vor allem vor der Verdammung des Vaters. In dieser Angst bettelt sie Leonhard, sie zu heiraten, denn die bürgerlich sanktionierte Ehe ist „geradezu zur sozialen Zwangsvorstellung eines erbarmungslos gemarterten Herzens geworden“ (May). Gewiss, sie hat Schuld, sie hat gesündigt, weil sie nicht geliebt hat, aber ihre Schuld ist doch nur gering, und der Dichter selbst bezweifelt sie: „Dieser Fehltritt, der eigentlich gar keiner ist, weil das unglückliche Wesen ja nicht sowohl vom geraden Wege abweicht, als aus diesem Wege herausgedrängt und gestoßen wird“, schrieb er selbst in einem Brief an die Schauspielerin Stich-Crelinger in Berlin. Ihre Schuld liegt auf anderer Seite: darin, dass sie sich ohne Liebe, gegen ihr Gefühl verleiten ließ. Trotzdem muss sie den Kelch ihres armen, gequälten Lebens bis zur Neige leeren – im Bewusstsein ihrer Schuld und aus Angst vor der Schande, die sie dem Vater antun würde, aus Angst vor dem Urteil dieser Welt der Kleinbürger geht sie freiwillig in den Tod.

Leonhard fürchtet nicht nur das Gerede der Leute, sondern er ist auch ein enttäuschter Mitgiftjäger. Darum löst er seine Verlobung. Er „verkörpert durchaus nicht das Urböse der Individualität, sondern das Gesetz dieser gesellschaftlichen Welt spiegelt sich hier nur in einem gemeinen Charakter, der ein niedriger Schuft ist und nichts anderes“ (B. v. Wiese). Daher der Satz in dem Trauerspiel: „Leonhard ist ein Lump, aber eben deswegen – ein Lump kann nichts Böses tun!“ Und Hebbel will ihn auch so aufgefasst wissen, denn er betont in seinem Tagebuch, man solle nicht aus den Augen lassen, „dass er von Haus aus eine gemeine Natur ist, die sich in höhere nicht finden und an sich nicht glauben kann“. Er ist das Produkt einer neuen Zeit, die immer mehr materiell denkt und dem Egoismus entgegendrängt, ein Charakter, der solchen Verlockungen nicht widerstehen kann, ein Mensch, der keine Ideale kennt und nur in engen egoistischen Kreisen denkt. Kein Jammer, keine Klage erreicht sein Herz, kein Unglück kann ihn rühren: „Leonhard wäre immer und überall ein Lump. Leonhard ist schuldig durch sein bloßes Sein, die anderen durch ihr Gewordensein“ (E. Dosenheimer).

Auch der Jugendfreund Klaras, der Sekretär, ist nicht vorurteilsfrei genug, obwohl er nach persönlicher Verantwortung des Gewissens strebt. Er will zwar Klara ehrlich machen, aber er will den einzigen Menschen, der von ihrer Schuld weiß, Leonhard, vorher beseitigen. Deshalb tötet er ihn im Duell. Er ist in diesem Drama der Einzige, bei dem ein Anderswerden und eine wirkliche Umwandlung im Sinne menschlich freier Ethik festzustellen ist. „Mit dem Sekretär hat Hebbel eine Gestalt voll Kraft und Frische geschaffen, die an innerer Geschlossenheit die meisten jugendlichen Charaktere in seinen früheren wie späteren Dramen übertrifft ... Aber trotz seines jugendlich-aktiven Temperaments ist auch bei ihm der Bruch zwischen Denken und Fühlen, zwischen Empfinden und Handeln nicht geschwunden. Auch er ist nicht immun gegen das Gift der bürgerlichen Scheinmoral. Auch ihm wird im entscheidenden Augenblick die furchtbare Macht der bürgerlichen Konvenienz zu einer psychologischen und ethischen Notwendigkeit, die ihn zu unzeitiger Reflexion treibt und ihn hindert, den Anschauungen der Zeit zum Trotz ‚darüber' hinwegzukommen. Erst als der Tod ihn auf den Punkt erhebt, von wo aus die Übersicht möglich ist, kommt ihm die Erkenntnis, dass auch vorurteilsloses Handeln zur sittlichen Pflicht werden kann" (H. Sievers). Dass der Sekretär zu spät zu der Erkenntnis und zu dem Gefühl der eigenen Schuld gelangt, ist eines der tragischen Motive dieses Dramas.

Der Bruder Klaras, Karl, ist durch den Familiendruck in seiner Entwicklung gehemmt und auf den Weg des Abenteuerlich-Leichtsinnigen geschoben worden. „Karl ist der lebendige Protest gegen die enge, pedantische, gedrückte Lebensführung des Hauses, aus dem er, mit dem Blick auf die See, dem größten Gegensatz zu dieser Enge, unter allen Umständen hinausstrebt" (E. Dosenheimer). Gerade diese Gestalt hat der Deutung immer wieder viele Rätsel aufgegeben und zu den verschiedensten Auffassungen auf der Bühne geführt, obwohl es sich offensichtlich um eine Nebenfigur handelt. Wahrscheinlich ist durchaus die Ansicht Stolzes, dass Hebbel in Karl im Wesentlichen eigene Züge aus seiner Jugendzeit dargestellt habe, „seinen eigenen Oppositionsgeist gegen die engen kleinbürgerlichen Anschauungen in seiner Vaterstadt Wesselburen, die Verbitterung, die die dumpfe Atmosphäre seines eigenen Elternhauses in ihm heranzüchtete, und das sehnsüchtige Verlangen seines erlebnisdürstenden Dichterherzens nach einer weiten Welt." Sicher hat er dabei jener Notschreie gedacht, die er damals in unbändiger Sehnsucht nach dem Abstreifen all dieser Fesseln ausstieß. Zu viel Gewicht legt wohl F. Bielfeldt dieser Figur bei, wenn er sie als den „in die weite Welt hinausstrebenden deutschen Menschen eines kommenden Zeitalters" interpretiert. Interessant ist auch die literaturgeschichtliche Bemerkung von E. Dosenheimer: „Mit dem Verhältnis zwischen Vater und Sohn, die sich beide bewusst als Vertreter entgegengesetzter Grundsätze fühlen, nimmt Hebbel ein Motiv späterer Dramatik voraus, mit dem zwischen Vater und Tochter greift er auf ein bei dem bürgerlichen Trauerspiel des 18. Jahrhunderts sehr beliebtes zurück."

Die Mutter ist sicher in starker Anlehnung an des Dichters eigene Mutter gezeichnet. Trotz ihrer Bibelgläubigkeit und Frömmigkeit hat sie ein leichteres Temperament als ihr Mann, das aber sicher unter der Strenge des Vaters erheblich gedämpft wurde. Etwas zu offensichtlich schlägt sie sich auf die Seite der Kinder, namentlich des Sohnes, wodurch sie seinen Leichtsinn fördert. „Da wird sie aus einer Vermittlerin der Gegensätze, dem schönsten Berufe des Weibes und der Mutter, eine Hegerin der schlechten Neigungen des Sohnes ..." (E. A. Georgy) und dadurch auch nicht ganz ohne Schuld, die bis zur letzten Buße ein gnädiges Geschick ihr erspart.

Dieses Trauerspiel ist ohne Zweifel das realistischste unter Hebbels Dramen und „weder eine moralische Auseinandersetzung mit der Problematik von Schuld und Sühne, noch eine tendenziöse Anklage gegen die bürgerliche Gesellschaft, am allerwenigsten eine Verherrlichung der freien Liebe, sondern es kommt auf die Unabwendbarkeit des tragischen Vorganges an“ (B. v. Wiese). Dies Drama ist der Ausdruck eines schwer verwundeten und verzweifelten Herzens, das nach Verstehen, Verständnis und Liebe verlangt, und der Beweis, dass man auch im Moralischen maßlos sein kann und dadurch in Schuld gerät. Die Tragik erwächst hier nicht aus der Kluft zwischen den Ständen, sondern aus der Beschränktheit eines Milieus, das aus Vorurteil, Menschenfurcht und Herzenshärte kein gütiges Verstehen mehr kennt, weil die Gebundenheit an einen überlebten Sittenkodex das nicht gestatten will. Mit unerbittlicher Logik ist also hier die Tragik aus dem Dasein selbst abgeleitet. Die Folge, die Wirkung ist Verzweiflung an dieser Welt, die wieder einmal in dem toten Winkel zwischen zwei Anschauungen steht: die Zeit Meister Antons mit ihren allzu starren Ehrbegriffen ist zu Ende, die Ära einer neuen Zeit mit größerer Toleranz muss heraufsteigen, die einer sinnvolleren und verständnisvolleren Menschlichkeit Raum gibt und einem geduldigeren Zusammenleben verstehender Menschen, die alle Starrsinnigkeit verbannt und maßvolles Verstehen in den Vordergrund rückt. Die Gesellschaft darf nicht mehr Verhängnis, „unbarmherzige Jägerin der menschlichen Kreatur“ (K. Ziegler) sein, sondern verständnisvolle Förderin der Lebenswirklichkeit.

Wie bei allen Klassikern erhebt sich auch hier die Frage, inwieweit dieses Drama auch heute seine Gültigkeit hat. Hat es noch Sinn, sich heute damit zu beschäftigen? Diese bürgerliche Welt mit der Enge ihres Denkens und der dogmatischen Sittenauffassung ist doch dahin, diese Zustände deutschen Lebens im 19. Jahrhundert sind doch überwunden?

Nun, die neue Zeit trägt durchaus nicht das Signum des obigen Wunschbildes, sodass man behaupten darf, dass diese Problematik durchaus noch recht aktuell ist. Ist nicht gerade auch im 20. Jahrhundert die Lebensangst ein Zeichen unserer Zeit? Sind nicht auch heute viele Wertbegriffe schwankend und fragwürdig? Ist die Unsicherheit in Moralbegriffen nicht auch ein Zeichen unserer Gegenwart? Ist der Mensch in unserer Zeit nicht ebenso hilflos manchen Mächten ausgeliefert wie dort die Klara? Ist die Toleranz und das Verstehen unter den Menschen in unseren Tagen des oft krassen Egoismus größer als zu Zeiten Meister Antons?

Solche Fragen sind schnell und eindeutig zu beantworten und zeigen, dass dieses Drama in seinen Problemen durchaus aktuell ist. Darum kann man sich jenen Worten von K. May anschließen: „Es darf nicht sein, dass jene Lähmung des Lebensglaubens, jene Einschrumpfung und Verdüsterung des Sinn- und Wertglaubens, wie sie uns in Katastrophenzeiten bedrängt und im Jahre 1945 aufs Tiefste erschüttert haben, auch noch die Anschauung und das innere Verstehen großer deutscher Dichtungen der Vergangenheit entstellen und verzerren. Vielmehr strömen uns gerade aus dichterischen Denkmälern früherer Zeiten reiche Quellen zu, aus denen wir neue Kräfte zum sinnerfüllten Fortleben schöpfen dürfen."

Alfred Carl Groeger

ZUR TEXTGESTALTUNG

Dieser Textausgabe liegt die historisch-kritische Ausgabe von Friedrich Hebbels Werken, besorgt von Richard Maria Werner, zweite Auflage, im B. Behrs Verlag, Berlin 1904, zugrunde. Rechtschreibung und Zeichensetzung wurden hier wie auch bei den Zitaten im Nachwort den neuen amtlichen Rechtschreibregeln behutsam angeglichen.

ANMERKUNGEN

Die Ziffern vor den Anmerkungen bezeichnen die Seiten.

7 *Myrtenbaum im Scherben gepflegt:* einen Myrtenstrauch im Topf aufgezogen. Diese aus Italien nach Deutschland gekommene immergrüne Pflanze mit ihren aromatisch duftenden Blättern wurde bald zu einer beliebten Topfpflanze, die früh auch symbolische Bedeutung erhielt. Nach einer arabischen Legende soll sie direkt aus dem Paradiese stammen. In Griechenland war sie der Göttin Aphrodite geweiht, und eine Reihe hübscher Sagen rankt sich um diese Pflanze. Sie galt als Sinnbild der Jugend und Schönheit.
Schon in der Antike sind Myrtenzweige bei Hochzeitsbräuchen verwendet worden; sie haben auch in der Neuzeit den Kranz aus Rosmarin als Schmuck der jungfräulichen Braut verdrängt.

8 *impertinent:* ungehörig, unverschämt, frech, unausstehlich.

10 *Docke:* nur in manchen Gegenden Deutschlands Ausdruck für eine Puppe.

17 *Liturgie:* der amtlich oder gewohnheitsrechtlich geregelte Brauch bei den Gottesdiensten der christlichen Kirchen; die verbindlich geregelten Formen, die meist symbolische Bedeutung haben.

19 *Erzväter:* Hier sind die Patriarchen des Alten Testamentes gemeint, die Familien- oder Stammesoberhäupter, im besonderen die Stammväter Israels: Abraham, Isaak, Jakob.
Mahlschatz: ein veralteter Ausdruck für die Brautgabe, den Brautschatz oder die Aussteuer der Töchter, die also schon in uralten Zeiten üblich war.

20 *Werwolf:* die erste Silbe „wer“ stammt von dem althochdeutschen war = Mann, also Mannwolf – im Volksglauben also ein Mensch, der sich zeitweise in einen reißenden Wolf verwandelt, in einen blutgierigen Menschen. Das ist hier recht übertrieben gemeint und nur aus der großen Enttäuschung Leonhards zu verstehen.

22 *apart:* an sich reizvoll, geschmackvoll, etwas Besonderes; hier im Sinne von: ich brauche ihn nicht besonders zu loben.

23 *Tort*: frz. Unrecht, bei uns im Sinne von Verdruss, Kränkung, Unbill oder Unrecht.
Sekretär: Bedeutet nicht nur wie ursprünglich Geheimschreiber oder im heutigen Sinne einen Beamten des mittleren Dienstes, Geschäftsführer oder Schriftführer – eine Bezeichnung, wie sie auch für Klaras Jugendfreund in diesem Drama gebraucht wird –, sondern ist auch eine veralterte Form für einen Schreibschrank, den Vorläufer unserer heutigen Schreibtische. Es war ein schrankähnliches Möbelstück mit herausklappbarer Schreibplatte und vielerlei Fächern im oberen Teil.

24 *boßeln:* mit einer Kugel werfen. Boßeln ist als Zielwurfspiel auch heute noch in Ost- und Nordfriesland verbreitet. Eine farbige Schilderung findet sich in Theodor Storms Novelle „Der Schimmelreiter“ (Hamburger Leseheft Nr. 2). Hier auch im Sinne von Kegeln gebraucht (vgl. S. 47).

26 *Spießruten laufen:* im wörtlichen Sinne war es eine entehrende Militärstrafe im 17./18. Jahrhundert, die im Dreißigjährigen Kriege vor allem für Fahnenflucht, Glücksspiel oder Trunkenheit eingeführt wurde: der Übeltäter musste mit entblößtem Oberkörper eine Doppelgasse von 100 bis 300 Mann durchlaufen und erhielt von jedem mit einer Rute einen Hieb auf den Rücken, was nicht selten zum Tode führte, zumal die Ruten oft mit Eisenspitzen und dgl. versehen waren. Diese Form der Bestrafung wurde erst 1807 durch die Scharnhorstsche Militärreform in Preußen aufgehoben.
Hier ist der Ausdruck im übertragenen Sinne zu verstehen: sich den hämischen Blicken der Leute aussetzen müssen und dadurch psychisch verletzt zu werden.

28 *in die Wochen kommen:* der Geburtsstunde entgegensehen, ins Wochenbett kommen durch die Geburt eines Kindes. Im weiteren Sinne ist damit die sechs bis acht Wochen dauernde Zeitspanne nach der Geburt gemeint, in der der Körper der Mütter wieder zu normaler Funktion zurückkehren soll.

29 *Bankrottierer:* ein Mensch, der Bankrott gemacht hat, was aber hier nur moralisch gemeint ist.

35 *Justinian und Gajus:* Justinian I. war ein byzantinischer Kaiser, der gemeinsam mit seiner charakterstarken Gemahlin Theodora 527 bis 565 Ostrom regierte. Durch seine berühmten Feldherren Belisar und Narses gewann er weite Gebiete um das Mittelmeer, zerstörte das Wandalen- und Ostgotenreich und gewann so den größten Teil des weströmischen Reiches zurück. Durch die Sammlung und Sichtung der Rechtsquellen schuf er das Rechtsbuch des römischen Rechts, das bis heute in seinen Grundlagen bestimmend blieb.
Gajus war ein römischer Jurist um die Mitte des 2. Jahrhunderts n. Chr. und der Verfasser der in das Corpus juris aufgenommenen Rechtsgrundlagen, die er „Institutionen“ nannte. Die Originalhandschrift seines Rechtsbuches wurde 1816 in Verona gefunden.
Corpus juris: die amtliche Sammlung des römischen Rechtes unter Kaiser Justinian I. (s. vorherige Anmerkung).
Lex Julia: das Gesetz des Julius (Cäsar), das 45 v. Chr. erlassen wurde und die Verwaltung der Bürgerstädte regelte.
desperat: verzweifelt, hoffnungslos.

40 *Journal:* Zeitschrift, Tageblatt, hier Grundbuch bei der städtischen Buchführung, Steuerbuch.

47 *Martini:* der Martinstag am 11. November, benannt nach dem Heiligen Martin von Tours, dem Sohn eines römischen Tribunen und späteren Apostel Galliens (317–397). Er war der Gründer des ersten Mönchsklosters in Gallien.
Im Brauchtum vieler Völker Europas spielt der Martinstag eine bedeutende Rolle: Martinsfeuer, Martinslieder, Martinssingen, Martinsgans, Martinsgebäck. Im bäuerlichen Jahr bedeutete er einen besonderen Einschnitt: Wintersanfang, Beendigung der Korn- und Weinernte, Entlohnung und evtl. Umzug des Gesindes, Fälligkeit von Pacht und Zinsen, Anfang der Spinnstuben usw.